本书系国家社科基金重大项目"语言变革与中国现当代文学发展"（项目编号：16ZDA190）的阶段性成果

王朔小说的
叙事反讽分析

汤凯伟 ◎ 著

ZHEJIANG UNIVERSITY PRESS
浙江大学出版社
·杭州·

图书在版编目（CIP）数据

王朔小说的叙事反讽分析 / 汤凯伟著. -- 杭州：
浙江大学出版社，2024.5
ISBN 978-7-308-24803-7

Ⅰ．①王… Ⅱ．①汤… Ⅲ．①王朔－小说研究 Ⅳ.
①I207.42

中国国家版本馆CIP数据核字(2024)第071265号

王朔小说的叙事反讽分析

汤凯伟　著

策划编辑	董　唯	
责任编辑	董　唯	
文字编辑	黄　墨	
责任校对	杨诗怡	
封面设计	春天书装	
出版发行	浙江大学出版社	
	（杭州市天目山路148号　　邮政编码　310007）	
	（网址：http://www.zjupress.com)	
排　　版	杭州林智广告有限公司	
印　　刷	广东虎彩云印刷有限公司绍兴分公司	
开　　本	710mm×1000mm　1/16	
印　　张	10.75	
字　　数	130千	
版 印 次	2024年5月第1版　2024年5月第1次印刷	
书　　号	ISBN 978-7-308-24803-7	
定　　价	58.00元	

序　言

　　《王朔小说的叙事反讽分析》一书即将出版，这是一件值得高兴的事。2018年，汤凯伟从山东师范大学本科毕业，考入浙江师范大学跟我读中国现当代文学的硕士。他进校之后就有志于读博，因为对王朔有兴趣，我就建议他不受字数限制地把自己的研究心得写下来。两年之后，即2020年，他就已经写下了约十万字的研究心得，但此后因申请跟随我硕博连读而暂时搁置了。汤凯伟的博士学位论文也是关于王朔的，题为《论王朔对中国当代文学的贡献》。在撰写博士学位论文的空隙，他又顺便完成了对王朔小说的叙事反讽研究心得，就是这本书。硕士和博士共六年时间完成一部专著、一篇博士学位论文，这是非常不容易的。

　　王朔是中国当代作家中的语言大师，在20世纪八九十年代甚至掀起过"王朔热"。王朔对于中国文学从20世纪70年代末到80年代初的"新时期文学"向"八十年代文学"的转变做出了巨大贡献。我总是认为，今天我们对王朔的评价不是高了，而是低了，特别是在王朔引领文学发展也即其文学史地位方面，我们对王朔的研究还十分有限。我是从那个时代过来的，对于20世纪八九十年代的中国文学，我也算是亲历者，有自己的切身感受。当时，大街小巷都是王朔电影的海报，电视里也全都是王朔小说改编的电影、电视剧，我能深切地感受到当时的确是王朔的"风云时代"，这在当代的文学界是极为罕见的现象。今天，作家出版一整套文集已经是司空见惯的事，但在当年，在我看到《王朔文集》时还是被深深地震撼到了。对于王朔，文学界、文化界都存在着争议，但即使是争议甚至否定，在今天看来，也不失为一种"幸福"的现象，大部分作家都希望获得这种"殊荣"。如果我是一个作家，如果要在各文学大奖或者王朔面临的批判中选择一项，我宁愿选择"被批判"。

学习现当代文学的研究生有一个普遍的欠缺之处，那就是理论基础薄弱。我不认为学习新的文学理论并运用它来解决文学研究中的实际问题就是赶时髦，文学理论是文学研究中的"哲学"，不仅是方法论，也是世界观。我的研究生被我管得最多的时候就是在一年级，在这一年里我们每周都会见面，我会让他们汇报读书的心得体会，然后根据具体情况建议他们读什么书。其中，在建议书目中，文学理论著作是最多的。除了勒内·韦勒克与奥斯汀·沃伦合著的《文学理论》、朱立元主编的《当代西方文艺理论》等通论以外，我还建议他们阅读有关新批评、结构主义、荒诞派、意识流小说理论等内容的专论。汤凯伟在硕士阶段就阅读了大量文学理论著作，其中就包括一些叙事学著作。阅读以后，他得以从一种新的理论角度来重新审视王朔，果然有了一些新发现。虽然这些发现还略显生硬、粗浅，但不失为一种有效和有益的尝试。我觉得这种学术训练是必要的。

在进行现当代文学和比较文学的研究时，我非常关注文学理论和文学研究的关系，没有理论的中国现当代文学研究是难以想象的。我在《文学理论与中国现当代文学研究》一文中就着重强调过，中国现当代文学研究与文学理论研究是"学科互涉"的关系。表面上，两种研究由于性质、对象不同，似乎可以独立进行，但在实际的学术实践中，二者很难分开，它们相互交织，相互渗透，是"互证"的关系。文学理论如果没有文学实践作为支撑，如果不能与当代文学创作实践相关联，不具有实践形态，那它就是没有意义的，在某种意义上也可以说它就不是真正的文学理论。同样，对于中国现当代文学研究来说，脱离了文学理论可以说寸步难行，差别仅在于这种理论是表面的还是深潜的，是有意识的还是无意识的。由于王朔创作本身的理论特征还没有被完全重视起来，当前的学术研究中还缺少对王朔创作与文学理论互涉的关注，因此将王朔小说与叙事理论、反讽理论结合起来也是可行的。

　　我觉得，这本书的写作对于汤凯伟来说是一个很好的学术训练。作为一个博士研究生，他的学术能力还需要不断磨炼，希望他继续努力，取得更多的成果！

高　玉

2024 年 4 月

于浙江师范大学

前　言

对王朔小说的研究自 20 世纪 80 年代末开始，到今天已经有三十多年的历史了。在这三十多年中，许多著名的学者和批评家从不同的研究角度出发，试图将王朔作品归类为诸如"先锋小说""新写实小说""痞子小说"等文学潮流中的一种，这是当时文学批评界流行的一种研究方式。时至今日，仍然有许多杂志和批评家不遗余力地制造着文坛正在流行某一种潮流的假象。

王朔其实是不能被某一种思潮概括的。在笔者看来，王朔之所以能够被普通读者和精英读者同时喜爱，是因为他发现了一些当代中国人说话的秘密，并且将自己的发现运用到了小说的人物塑造上，让小说人物活了起来。因此在他的小说中，伤痕、先锋、新写实、调侃等色彩兼有，他的创作不局限于某种思潮，而是随着中国社会的变化和人们说话方式的变化而呈现出不同的文学特征。本书的目的就是探寻这些秘密，将科学客观的研究成果呈现给许多对王朔作品感兴趣的读者。

叙事学无疑是最适合将文本进行拆分剖析的工具。王朔的小说具有很明显的形式特征，它不仅受中国传统叙事和理论的影响，同样也受到外国经典文学和理论的影响。纵观王朔的创作历程，他最初是随着改革开放带来的社会主义市场化浪潮走入文坛的。在他第一个阶段的创作中，他的小说人物和情节具有吸引读者的倾向，这种倾向让他在创作中描写了很多 20 世纪七八十年代边缘青年的生活方式，使用了很多北京青年流行语。在第二个阶段的创作中，王朔第一次找到了专属于他的风格：调侃。调侃的背后，滑稽的下层，存在着反讽，王朔在创造了一批城市边缘青年的群像的同时也讽刺了他们。更深一层地看，这不仅是讽刺，也是自嘲。而第三个创作阶段的王朔展现出两种不同的姿态。其一为拒绝与任何人交流的高傲姿态，在这种姿态中，王朔从面对读者进行创作转向在内心自言自语，认为外在世界皆为虚妄，"失语"成了这时期部分作品的特征。其二为向下一代言说的姿态，这种姿态存在于每个长辈向后辈讲述自身成长史的每一时刻，这部分作品是王朔最为成熟的作品，也是成就最高的作品。

本书在对王朔创作做纵向分析的同时，还意图对王朔创作做横向的剖析。很多研究者都将王朔小说的语言特色认定为反讽，总是强调其作品中反讽的对象和影响，而对反讽是如何产生的却很少关注。所以本书将从"故事"和"话语"两个维度对王朔创作的反讽风格进行探究。本书的分析主要从三个层面进行。首先，在故事层面上，王朔小说的反讽性体现在小说的逼真性反讽、"反故事"模式反讽和叙事时间上。这种反讽更靠近王朔小说的语言风格和情节逻辑。其次，在话语层面上，王朔小说的反讽性体现在视角反讽、转述语与意识流反讽、不可靠叙述与开放形式反讽上，这是王朔小说叙事反讽的核心。最后，作为叙事反讽的发出者，叙述者存在于所有叙述层面上，王朔小说中叙述者的或显或隐表示着叙述者想要表达自己的欲望和被迫退居幕后的无奈。而作为叙事传达信息的工具，文本和电影既有共同点也有不同点，电影对王朔小说的改编是对文本的二次创造，电影的原创性和小说的原创性之间的缝隙会造成两种媒介之间的不确定性，从而导致反讽的产生。

当然，社会科学的研究也需要在辩驳中前行，本书所使用的论证方法以及得出的结论也存在不完满的地方。但就像陈平原老师在《二十世纪中国文学三人谈》中强调的那样，文学批评从根本上说就是一种对话，因此，笔者希望本书能得到更多专家的批评和建议，以期不断改进。

目 录
CONTENTS

第一章

绪　论

第一节 研究对象与内容

王朔在当代作家里是比较特立独行的一个，他的作品不属于20世纪80年代以来的如先锋小说、新写实小说等文学潮流中的一支，并且他也不属于开宗立派式的创造一个新潮流的宗师级人物，但后来的小说家中也极少有与王朔风格类似的。从对其后作家的影响这一方面来看，王朔似乎对文坛的影响不大，但是不容忽视的是他是20世纪八九十年代最受欢迎的作家之一。他凭借自己独特的富有调侃意味的语言，以及隐藏在调侃语言之下的对知识分子、权威精英的讽刺，引起了许多文学评论家的关注，所以我们必须重视他书中最具吸引力的语言风格和叙事技巧。但在此之前，我们首先需要对王朔创作的全貌以及当前叙事理论和反讽理论的发展有一个比较清晰的认识。

（一）"言情"、调侃与深沉：王朔创作的三个阶段

20世纪八九十年代是王朔的创作走向高潮的时期。在经历了70年代末到80年代中期一段籍籍无名的时期之后，80年代末的王朔终于凭借自身的创作被文坛所重视。20世纪八九十年代的王朔不仅在小说创作上颇有建树，创作出了《一半是火焰 一半是海水》《顽主》《动物凶猛》等脍炙人口的小说，而且在影视领域也掀起了很大的热潮，由他策划或改编的如《渴望》《编辑部的故事》《阳光灿烂的日子》等影视剧是当时最受欢迎的影视作品。

结合王朔的创作谈和他的作品，笔者将王朔的创作分为三个阶段。

1．王朔创作的早期阶段：以"言情"小说为始

第一阶段是"言情"小说阶段。首先是其"言情"小说的滥觞，即《等待》《海鸥的故事》和《长长的鱼线》这三篇短篇小说。王朔的小说并不是从《空中小姐》开始的，在《空中小姐》之前，《等待》早已于1978年发表在《解放军文艺》第11期，这是王朔开始写作后发表的第一篇小说。《海鸥的故事》1982年发表于《解放军文艺》第8期，还有一篇《长长的鱼线》1984年发表于《胶东文学》第8期。这三篇小说的故事情节和主题都比较靠近"伤痕文学"思潮，《等待》以一个小女孩的视角来看"文革"的历史，文末发出了"等待着那百花吐艳的春天"[①]的美好愿望。《海鸥的故事》和《长长的鱼线》都以水兵为描写对象。《海鸥的故事》讲述了一群水兵因为贪吃去抓海鸥而和守护海鸥的老人产生了矛盾，最后受到老人爱鸥精神的感化完成了从吃鸥人向守鸥人的转变。《海鸥的故事》中的海鸥可以被看作中国水兵的象征，它们勇敢坚强，是海洋的守护神，并且主人公还在文中深刻地思考了"文革"对自己生活的影响，表达出强烈的反思情绪。《长长的鱼线》则诉说了一个舰艇兵和一个爱钓鱼的小男孩相识又分离的故事，小说中透出淡淡的忧愁。从这三篇小说中我们也可以看到王朔小说的"言情"色彩，他并不只单纯地描写爱情，文本的情感中既有家国之情，也有鱼水之情，所以我们不能用狭隘的眼光将王朔的"言情"限定在爱情故事上。

其次，为了将爱情作为"言情"阶段的重头戏，王朔是下了一番功夫的。他曾坦诚地说："我作品中的人物都是精神流浪式的，

---

① 王朔.一半是火焰 一半是海水.北京：北京十月文艺出版社，2016：263.

这种人的精神也需要一个立足点，他可以一天到晚胡说八道，但总有一个时刻是真的。"① 所以他选择了爱情的出现作为这个时刻。"我不知道还能在什么时候更值得真实起来。你说在事业上真实？在理想上真实？这简直有点不知所云。这是本能的选择。"② 王朔所说的"爱情的真实"其实是指爱情故事的严肃性，这表现为小说中产生爱情的双方对爱情的真诚态度，因此王朔前期的"言情"小说对爱情真实性的坚持就成了他这类小说的核心。

举个例子，在"性"这一爱情中敏感问题的处理上，王朔就体现出了他的"真"，如在《空中小姐》中强调"我"与王眉是分开睡的，在《浮出海面》中对"我"真诚内心的真实流露等。对性的谨慎态度显示出人物也背负着道德包袱，也有对真爱的追求，不会轻易言性，虽然人物经常在言语上不正经，但心灵上确实是纯洁和充实的。

就算是对性有大胆描写的《一半是火焰 一半是海水》，表现的也是性犯罪之后的救赎。在该小说的上篇中，王朔一改对性的谨慎描写，对张明、亚红、方方等人的荒淫生活做了细致的描写。小说中令人发指的是张明对女大学生吴迪的诱奸，生生将一个花季女大学生送入了罪恶的深渊。但引人深思的是下篇。下篇和上篇的剧情几乎一模一样，但这次张明却对主动投怀送抱的胡亦无动于衷，反而希望把她引上正道，虽然结果依然是悲剧的，但是张明本人却得到了救赎。这其实也可以看作王朔对性的谨慎态度的一种反向言说，既然社会上开始出现"性解放"的风气，那么王朔就把"乱性"毁人的一面展现给读者看，其本质还是劝人向善、道德的。

早期阶段是王朔的成名阶段，这一阶段他的作品以吸引年轻

---

① 王朔，等.我是王朔.北京：国际文化出版公司，1992：82.
② 王朔，等.我是王朔.北京：国际文化出版公司，1992：82.

读者为主，反讽的意味已经有所显露，他通过一些细节描写在不经意间流露出一些年少失意的不忿和对爱情的失望。

2．王朔创作的中期阶段：以调侃小说为核

第二阶段是调侃小说阶段。这一时期王朔的小说可以分为两个系列：第一类是以侦探为主题的小说，包括《各执一词》《人莫予毒》《枉然不供》《无情的雨夜》《毒手》《人命危浅》和《我是"狼"》共七篇；第二类是以《顽主》为代表的"顽主"系列，这一系列的作品有《顽主》《一点正经没有》《玩的就是心跳》和《千万别把我当人》，以及《编辑部的故事》中的四篇短篇小说，包括《痴人》《修改后发表》《谁比谁傻多少》和《懵然无知》。

王朔在《我是王朔》里说："第二阶段就是调侃。包括《编辑部的故事》这类东西，都是 1989 年以前的。1989 年初，2 月份把《千万别把我当人》寄出去后，我就不再调侃了。"[①] 如果按照王朔自己所认为的，1989 年之前他就已经结束"调侃"这个阶段的话，那么 1989 年之后发表的也带有调侃意味的小说，像《修改后发表》《谁比谁傻多少》等等，还属于调侃小说这个阶段吗？在笔者看来，这些明显带有调侃意味的小说也应该算作调侃小说，在分析时也能被囊括进来。

上述两个系列中，后一系列更加出名，调侃的意味也比较浓，而第一个侦探系列却很少被研究者注意，讨论的人也很少。侦探小说因其结构上的丰富性，在故事层和话语层都对王朔的创作技巧有很大的贡献。把侦探系列也归入调侃小说阶段是因为王朔在这些小说中也对人性的黑暗和荒诞做了一定程度的调侃和讽刺。侦探小说与社会密切相关，因此反讽的意味也比较强。如《各执一词》这篇小说既在故事层运用重复叙事的手法对小说中的各色

---

① 王朔，等.我是王朔.北京：国际文化出版公司，1992：31.

人等进行了反讽，又在话语层通过多重视角的叙述手段达成了反讽的效果，是一篇具有代表性的叙事反讽作品。《顽主》《玩的就是心跳》更是在叙事层面上创造了独特的、只属于王朔的转述语。此外，几部侦探小说中叙述者和人物抢夺话语权，叙述者的干预和人物摆脱叙述者阐述自身的逻辑都在一定程度上表达出了反讽的意味。

不只如此，王朔小说中叙述动作上的不定性反讽①也大多发源于此阶段。1987 年末到 1989 年初，王朔最重要的小说如《顽主》《玩的就是心跳》《千万别把我当人》和《编辑部的故事》等都在这个时期出版，而且都被迅速改编成了电影。1988 年至 1989 年，有四部王朔小说被改编为电影，分别是《顽主》（由峨眉电影制片厂摄制）、《轮回》（改编自《浮出海面》，由西安电影制片厂摄制）、《一半是火焰 一半是海水》（由北京电影制片厂摄制）、《大喘气》（改编自《橡皮人》，由深圳影业公司摄制）。由此，1988 年甚至被称作"王朔年"。电影这种媒介的特殊性和文学的特殊性之间的缝隙造就了不定性反讽，同时电影的成功也反哺了小说，电影填补了小说中许多空缺的形象和意义，让只能靠文字想象的读者有了可以直观观看的机会。

3．王朔创作的后期阶段：以深沉小说为尾

第三阶段是深沉小说阶段。王朔在 1989 年到庐山参加了一个例行的笔会，此后其创作理念发生了转变。这次庐山之行让他对自己的"调侃"模式产生了怀疑，他问自己，"这是文学么？我，用俗话儿说，真的深沉了"②。这一时期王朔的作品集中反映了他创作理念的变化。这一阶段的中篇小说有《永失我爱》《给我

---

① 不定性反讽指的是由于传播媒介的不同，王朔小说与王朔电影在叙事上出现了诸多不同之处，这些不同之处就在文本之间产生了反讽的效果。

② 王朔，等. 我是王朔. 北京：国际文化出版公司，1992：34.

顶住》《无人喝彩》《动物凶猛》《许爷》《过把瘾就死》《刘慧芳》，长篇小说有《我是你爸爸》《看上去很美》《我的千岁寒》《致女儿书》《和我们的女儿谈话》。这一阶段的时间跨度比较大，原因是1993 年之后，王朔宣布"退出文学"[①]，转向影视创作，有七年的时间没有发表小说。

有些研究者将《看上去很美》作为王朔后期创作的起点，认为前期王朔"为读者写作"，后期"为自己写作"[②]，这在笔者看来还有待商榷。虽然《看上去很美》在口语化书写、叙事风格和心理把握上有了一些改变，但依旧还处在深沉下去的阶段，换句话说，从"为读者"转向"为自己"也是祛除浮躁、沉淀自我的一种表现。我们可以把这些小说分成两类，第一类是王朔的中年危机类作品，第二类是王朔的老年回忆类作品。当然笔者在这里说的"老"是指心态的老，到了 20 世纪末的时候王朔也才四十岁出头，从生理上来讲算不得老。

这一时期王朔的小说故事多与家庭有关，这也与王朔自身的经历有关。1988 年王朔的女儿出生，这对王朔来说是一件非常重要的事，之后王朔就把重心转移到家庭上。王朔渐渐收敛锋芒，开始描写中年夫妻之间的爱情、出轨、离婚、再婚等情节，他的批判矛头不再直接指向社会，指向知识分子，而是指向家庭内部的矛盾，他"沉下去"了。这一点和巴金的创作过程有些类似。夏志清认为，巴金在 1944 年结婚之后，写作内容渐渐从浪漫抽象的题材转向具体的婚姻问题、家庭问题，而且矛头也不再直接指向社会制度，因此《第四病室》《寒夜》等巴金后期小说成为其成就较高的小说。[③]王朔也是如此，他前期的小说有比较肤浅的倾向，

---

① 王朔. 脱离文学启事. 新民晚报，1994-11-10(10).
② 季艳华. 反叛与回归——论王朔后期小说创作转型. 青岛：中国海洋大学，2014：2.
③ 夏志清. 中国现代小说史. 刘绍铭，李欧梵，林耀福，等译. 杭州：浙江人民出版社，2016：388-389.

把自己的一腔愤怒全发泄在知识分子身上，以调侃讽刺知识分子的虚伪和清高为乐趣。这种写法给王朔的作品带来的后果也很明显，有些知识分子诟病他和他的小说缺乏深度，甚至将王朔的小说称为"痞子小说"。读者的态度也泾渭分明，喜欢王朔小说的读者附和他，讨厌王朔小说的读者将他的小说斥为毒草。

但是，进入深沉期的王朔写出的作品才真正达到了其艺术的高峰。他不再卖弄年轻男女之间的爱恨离合，不再对知识分子、作家挖苦讽刺，他转入了自己的家庭，转入了自己的内心。早已过了而立之年的王朔，开始经营自己的家庭，这时候他对爱的理解又更深了一层，写出了三四十岁步入中年之后对家庭的感悟。

如果说王朔前期的文风比较浅薄和激烈，这时候的文风已经渐趋沉稳，但是反讽却运用得更加老道了。如《动物凶猛》和《许爷》里故意暴露的叙事痕迹让读者陷入他的叙事圈套：《动物凶猛》反讽的是轻信故事真实性的读者；《许爷》反讽的则是部分中国人在国门刚刚打开时内心的不自信和谄媚心理。"反故事"层面上，《动物凶猛》中对政治性话语的戏仿式运用、《我的千岁寒》中对佛教用语的戏仿式运用从语言方面对政治和宗教进行了毫不留情的反讽。不仅如此，代表王朔创作巅峰的《看上去很美》在自由兼非自由的转述语中也充分发挥了孩子和成人视角、叙述者和人物的对照作用，反讽的意味呼之欲出。

（二）叙事理论与反讽理论

对王朔的创作全貌进行梳理之后，接下来本书将对当前叙事理论和反讽理论的发展情况做一个概述。叙事作品是以叙事功能为主的文学作品，是"叙事"这一特定叙述活动的产物。对叙事作品的研究在人类历史上由来已久，以亚里士多德的《诗学》、昆图斯·贺拉斯·弗拉库斯的《诗艺》为起源。但是由于叙事的主要研究对象是小说，而小说是在神话、史诗等基础上发展而来的，所以到了 20 世纪俄国形式主义者和法国结构主义者的手中小说才变得非常重要。在他们手中，研究小说叙事的方法和技巧形成了一门专门的学问——叙事学。

1. 叙事学三分法

叙事学家杰拉德·普林斯根据研究对象将 20 世纪的叙事学研究者分成了三类。[①]第一类研究者为早期的俄国形式主义者及其后继者，他们受弗拉基米尔·雅可夫列维奇·普罗普的《民间故事形态学》的影响较大，关注被叙述的事件的结构，在对叙事作品研究的媒介方面比较宽容，认为文字、叙事性的绘画、电影等可以和小说一样叙述出同样的故事，这一类的代表理论家有 A. J. 格雷马斯、茨维坦·托多罗夫等。

第二类研究者以法国叙事学家热拉尔·热奈特为代表。在《叙事话语　新叙事话语》中，热奈特将"叙事"区分为三层含义：故事、叙事和叙述动作。其中故事指真实或虚构的事件，叙事指讲述这些事件的话语或文本，叙述动作则指产生话语或文本的叙述行为。[②]这种划分在一定程度上延续了托多罗夫的时间、语式、语态的划分，但热奈特重新划定了这些术语的界限，使之更加精确。这一类的研究者注重叙述者在话语层上表达事件的各种方法，像时间上的倒叙、预叙、无时性，语式里的距离、投影、聚焦等。

第三类研究者以普林斯和西摩·查特曼为代表，他们共同创造出了一种被称作"总体的"或"融合的"叙述学，相比前两类叙事学研究者，这一类叙事学家更加注重区分叙事的层次，在《故事与话语：小说和电影的叙事结构》中，查特曼将叙事分为故事（内容）层和话语（表达）层，其中故事层又包括事件、实存和由作者

---

① 普林斯. 叙事学：叙事的形式与功能. 徐强，译. 北京：中国人民大学出版社，2013.

② 热奈特. 叙事话语　新叙事话语. 王文融，译. 北京：中国社会科学出版社，1990.

的文化代码预处理过的人和事等；话语层则包括叙事之转达结构和表现。按照文学符号学的分类，这些结构形式又可以分为内容的形式、内容的质料和表达的形式、表达的质料。[①] 如此细致和清楚的划分呈现出不同学科之间的交叉，以及不同媒介之间的跨界研究，这是第三类叙事学研究者的研究特征之一。

叙事学的理论发展至今已经趋于成熟，本书的叙事学分析结构脱胎于叙事学理论中两分法到三分法的演变，综合了二者的优势。传统的叙事学批评中，对叙事层的划分几乎都采用两分法，如"内容与形式""内容与文体""素材与手法"等等，俄国形式主义者维克托·鲍里索维奇·什克洛夫斯基和鲍里斯·米哈伊洛维奇·艾亨鲍姆率先提出了新的两分法，即"故事"与"情节"的区分；后来法国结构主义叙事学家托多罗夫受什克洛夫斯基等人的影响，于1966年提出了"故事"与"话语"这两个概念来区分叙事作品的表达对象与表达形式。"故事"与"话语"的两分法在叙事学界很有影响。美国叙事学家查特曼的《故事与话语：小说和电影的叙事结构》就是完全以两分法为结构的。

出于对叙述动作的重视，热奈特于1972年在《叙事话语 新叙事话语》中对两分法进行了修正，提出了三分法：故事、叙事和叙述动作。三分法也颇有影响，以色列叙事学家什洛米斯·里蒙－凯南在《叙事虚构作品》中效法热奈特区分了"故事""文本""叙述动作"这三个层面。但是三分法依旧有其界限划分不明的缺点，比如荷兰叙事学家米克·巴尔的三分法与里蒙－凯南的三分法在某种程度上是完全对立的。[②] 童庆炳在《文学概论》里就借鉴了热奈特的三分法，他将叙事层分为叙述语言、叙述内容和叙述动作[③]，

---

① 查特曼.故事与话语：小说和电影的叙事结构.徐强，译.北京：中国人民大学出版社，2013.
② 里蒙-凯南.叙事虚构作品.姚锦清，黄虹伟，傅浩，等译.北京：生活·读书·新知三联书店，1989.
③ 童庆炳.文学概论.武汉：武汉大学出版社，2000.

但是他的叙述语言既包括了属于故事层的视角，又包括了属于话语层的视角，而叙述内容又包括了故事层的人物、事件，显得不够清晰。因此本书在综合王朔小说的叙事特点之后还是采取了相对折中的办法，如保留"故事"与"话语"的经典区分，这样可以让叙事结构看上去层次分明；再者，将叙述者的显隐和叙事媒介带来的不定性反讽单列出来作为最后一章叙述动作的内容，也是考虑到叙述者作为叙述动作的发出者，叙事媒介作为叙述动作发出的通道的地位。

2．修辞和哲学层面上的反讽

反讽并不是一个新的术语，在西方和中国它都是备受青睐的文学批评关键词之一。在西方，反讽可以追溯到古希腊戏剧中的两个角色，一个是担当小丑角色的艾隆，一个是担当高明对手的阿拉宗。艾隆经常佯装无知说些傻话，这些傻话最后被证明为真理，而自认为高明的阿拉宗却被认为是真正的小丑。后来柏拉图在《理想国》中用此来指代苏格拉底以假装无知来使人上当的手段。在西方的文学传统中，反讽的运用是非常普遍的，如柏拉图、莎士比亚的作品中都有大量的反讽，因此反讽成了几乎所有文学经典创作者不可不知、不可不用的创作技巧之一。

反讽原先作为一种修辞技巧为人所重视。亚里士多德的《修辞术 亚历山大修辞学 论诗》最早记载了反讽作为一种修辞技巧的定义，在颜一和崔延强的译本中反讽被译为"调侃"："演说者试图说某件事，却又装出不想说的样子，或使用同事实相反的名称来称述事实。"[①]实际上，这里的调侃与反讽的意义相同。在亚里士多德之后，反讽的基本内涵被确定下来，即"言"和"言外之意"的对立，这种对立是反讽的基本构成。新批评派是对反讽非

---

① 亚里士多德. 修辞术 亚历山大修辞学 论诗. 颜一，崔延强，译. 北京：中国人民大学出版社，2003：261.

常重视的一个学术流派，他们甚至把自己称为"反讽批评派"，T. S. 艾略特、艾·阿·瑞恰慈和威廉·燕卜荪等新批评派的代表人物都对反讽有过研究，但是克利安思·布鲁克斯是新批评派中对反讽阐释得最多的理论家，他的两篇文章《悖论语言》和《反讽——一种结构原则》是他在新批评派的研究方法下对反讽这个概念的集中论述，汇集了大多数该派批评家的观点。①

悖论指把两个相反的意思放在一句话里，表达的意思其实是"我知道，但我不想说出来"；反讽则可以概括为"口是心非"。事实上，这两个术语的区别十分小，布鲁克斯在讨论诗歌的时候也经常混用。更进一步地，布鲁克斯把反讽定义为"语境对于一个陈述语的明显的歪曲"②，语境的形成依靠上下文的情节脉络和反讽语句自身的特殊情况来判定。布鲁克斯之后，约翰·克罗·兰色姆也承认反讽确实很容易在文章中找到，可以说是普遍存在的。但是新批评派的反讽理论只是一种诗歌创作原则，依旧停留在技巧层面，还没有上升到哲学的高度。

新批评派之后的当代修辞学既继承了新批评派对反讽字面义和隐喻义分离的基本观点，又认为反讽的意义不在于批判、反对或者劝说，而在于反讽涉及的作者、叙述者、受述者、读者之间的交流包容，反讽是为了得出"同一"的效果。美国当代修辞学家坎尼斯·伯克就持有这种观点，他将反讽看作辩证眼光或辩证的思维方式，虽然存在两个不相容的对立面，但是也不能肯定一个就否定另一个，而是要充分尊重另一个。在解构主义者保罗·德曼的观点里，反讽由单一义扩展成了多义，即反讽隐含的意义是多样的、无法统一的，也即能指在一个光滑的所指的面上滑动，并不指向某一个所指，这里的多义性表现出的是一种反叛、对立和消

---

① 赵毅衡. "新批评"文集. 天津：百花文艺出版社，2001：353-395.
② 转引自：赵毅衡. "新批评"文集. 北京：中国社会科学出版社，1988：335.

解。总的来说，当代修辞学家越来越注意反讽的社会效果，在这一点上与兰色姆认为诗的意义不仅指向诗本身也指向诗之外的社会、历史的本体论观点是一致的，同时也体现出反讽从一个单纯的修辞技巧越来越向反讽哲学靠拢，越来越多地转向思考反讽对追求人生的终极目标和探求社会历史的发展规律的意义上去了。

哲学层面上的反讽也是值得注意的。哲学意义上的反讽是从苏格拉底开始的，索伦·奥碧·克尔凯郭尔的《论反讽概念》将苏格拉底的立场理解为反讽，他断言构成苏格拉底的生存本质的核心是反讽。一般修辞学的批评家只把反讽看作一种修辞的手段，而克尔凯郭尔却将反讽看作苏格拉底的生存哲学，苏格拉底对世界和历史的看法是反讽的，他的外在和内在是背道而驰的。①

苏格拉底之后就要谈到浪漫主义反讽，其中施莱格尔兄弟是浪漫主义反讽的主要支持者，弗·施莱格尔把反讽当作解决自我的有限性和无限性、绝对需要把握与无法把握这两对矛盾的方法，自我创造和自我毁灭的交替构成了反讽，从而能够在有限的经验世界里去把握无限的自我，绝对需要把握和无法把握的关系也是这样。我们需要认识到，浪漫主义反讽起始于 18 世纪末期，正是西方的启蒙主义和理性主义盛行之时，人们的日常生活被科学、工业和资本主义异化，浪漫主义反讽正是为了反对这种异化而诞生的，具有一定的社会历史价值。但是浪漫主义反讽把反讽的范围扩得太大，使其变成宏观的反讽，让其反讽意味越来越淡，就像往一碗糖水里不停地倒水，滋味是越来越难品尝到了。

新批评派的反讽正是看到了这一点，它在继承浪漫主义反讽一些概念的同时又把反讽的研究范围缩小到了诗歌领域。而将反讽范围扩大化的还有原型批评学家诺思罗普·弗莱，他将虚构型文学作品划分为五种基本模式：神话、浪漫传奇、高模仿、低模仿、

---

① 克尔凯郭尔. 论反讽概念. 汤晨溪，译. 北京：中国社会科学出版社，2005.

反讽或讽刺。这五种模式是按顺序循环往复的，其中反讽或讽刺里人物的行动力量低于普通人，但是在《批评的解剖》中，弗莱对反讽或讽刺并没有做明显的区分，他更倾向于认为讽刺包括反讽。在"冬季的叙事结构：嘲弄和讽刺"这一章中，弗莱将讽刺分为六种相位类型，前三种相位都与讽刺相关，只有第四种相位比较符合反讽的哲学含义。第四种相位的讽刺转到了悲剧的嘲弄方面，尖锐的讽刺隐退到了幕后，在这种相位中，挽歌的成分很多，有一种"温存和肃穆的悲怆情调"[①]。弗莱认为，这种相位经常在音乐的象征下出现，标志着安东尼被大力神抛弃的命运、《亨利八世》中凯瑟琳皇后被废后的一场梦、哈姆雷特的遗言"请你暂时牺牲一下天堂上的幸福"，以及奥赛罗在阿勒颇的一席话。[②]反讽与讽刺的关系非常复杂，既有认为一个术语包含另一个的观点，也有认为这两个术语有明确的界限的观点，但不可否认的是反讽和讽刺里都包含嘲弄、讥讽的意味；所不同的是反讽的嘲弄更加偏向于自嘲，是嘲弄由对外转向对内的变化，削弱了讽刺的力度，反讽此时是作家们保护自己的一种社会生存取向。

20 世纪 60 年代后，后现代主义反讽兴起，其先行者是伊哈布·哈桑，他在《后现代转向》一书中提到"反讽变成激进的自我消耗的游戏、意义的熵。还有荒诞的喜剧、黑色幽默、疯癫的滑稽模仿和夸张喜剧，粗俗风格"[③]。哈桑在这里提到了"激进"的反讽，这种反讽指所有带有反讽意味的自我否定，为了说明艺术已经到了穷途末路的境地，艺术家通过反讽既向缪斯女神表达了忠诚，同时也亵渎了她。熵本来是热力学第二定律的术语，熵定律分"熵增定律"和"熵减定律"，"熵增定律"指能量注入，物体内部的构成趋向无序和混乱，"熵减定律"指热量流出，物体内部回

[①] 弗莱.批评的解剖.陈慧，袁宪军，吴伟仁，译.天津：百花文艺出版社，2006：346.
[②] 弗莱.批评的解剖.陈慧，袁宪军，吴伟仁，译.天津：百花文艺出版社，2006：346.
[③] 哈桑.后现代转向.刘象愚，译.上海：上海人民出版社，2015：104.

归有序状态。因此,"意义熵"引申到文学领域后,就表示随着社会的发展和文明的进步,社会的存在和人类的精神世界却越来越混乱和无序,一部作品的意义也就变得多义、没有中心,反讽就表现出了这种无序和混乱。

琳达·哈琴在《反讽之锋芒:反讽的理论与政见》里提出,后现代的本质是自相矛盾性,而最能体现这种自相矛盾性的是历史元小说和戏仿。[①]历史元小说指那些具有强烈的自我指涉性,又宣称与历史事件、历史人物有关的小说,因此哈琴认为历史元小说是对过去的反讽式重访。如米格尔·德·塞万提斯的《堂吉诃德》、劳伦斯·斯特恩的《项狄传》、詹姆斯·乔伊斯的《尤利西斯》和唐纳德·巴塞尔姆的《白雪公主》都是经典的戏仿作品,戏仿和历史元小说都不是单纯地描写历史事件和人物,而是借助历史人物之口批判现实,因此哈琴宣称,反讽在后现代文学中发挥着主导作用。

哈琴的反讽观和当代修辞学派的反讽观有些相通的地方,如他们都认为反讽是一个动态的交互过程,反讽的目的不是对立而是联系和包容。哈琴发现,反讽具有独特的政治功能,即能够对政治现实产生批判,具有所谓"反讽的锋芒"。后现代主义批评家理查德·罗蒂是从自由主义反讽乌托邦的角度来谈论反讽的,在他看来,反讽是后现代自由主义反讽者获得自由的一种方式。后现代自由主义者不承认真理的存在,从苏格拉底到浪漫主义再到后现代主义,反讽批评家们离真理越来越远,最后彻底消灭了真理,而他们对消灭真理的态度就是反讽。

3. 叙事与反讽结合的可能性

无论是情景反讽和浪漫主义反讽,还是稳定反讽和不稳定反

---

① 哈琴. 反讽之锋芒:反讽的理论与政见. 徐晓雯,译. 开封:河南大学出版社,2010.

讽，它们作为反讽研究的切入点已经十分古老，被滥用的现象十分严重。时至今日，再使用以前的分析角度显然已经不合适，而且有大而化之的危险，缺乏变化是反讽研究走向衰落的硬伤。因此，我们急需一种既受批评界承认的、科学的，又富有变化的新理论来另辟蹊径，使反讽研究重新焕发活力。现在看来，叙事学是很合适的研究角度。首先，叙事学是一门关于叙事的学问，叙事学所有的研究都建立在文本分析的基础上，热奈特曾说："文本分析是我们掌握的唯一研究工具。"[①] 而反讽研究也必须建立在文本表层意义和深层意义的对照中，同样离不开文本。因此，从研究工具来说，叙事学和反讽研究具有惊人的一致性。其次，叙事学中有很多范畴与反讽具有密切的联系，如不可靠叙述、自由间接引语、戏仿等等，这也就成为叙述学和反讽研究结合的基础。最后，叙事反讽是专门用于研究叙事这一文体中有哪些范畴体现出反讽效果，不能用于抒情等其他类型的作品，也没有办法混用。总而言之，叙事反讽有其专门的特征，这既是它的优势，也是它的弱项。

目前中国的叙事研究中，以"叙事反讽"和"反讽叙事"为题的文章不少，如《论〈我弥留之际〉中的反讽叙事》《中国新时期小说反讽叙事论》《论叙事反讽》《论克尔凯郭尔的叙事反讽——以〈一个诱引者的手记〉为例》等等，虽然只是词语顺序的调换，但是这些文章在理论上都有着一定程度上的混用。因此，怎样区分叙事反讽与反讽叙事就成了亟待解决的问题。简单来说，叙事反讽是叙事层面的反讽，主要涉及叙事策略和叙事技巧的运用，同时，这类反讽也是叙事手段，与叙事作品意义的实现密不可分。而且，叙事学的许多范畴都具有反讽意义，可被作为叙事反讽来研究。而反讽叙事侧重于反讽一端，注重依靠反讽理论去分析叙

---

① 热奈特. 叙事话语　新叙事话语. 王文融，译. 北京：中国社会科学出版社，1990：8.

事技巧。

面对目前的这种研究现状，我们不得不区分叙事反讽和反讽叙事这对看上去十分相似的孪生兄弟。其一，二者侧重点不同，叙事反讽的侧重点在叙事这一端，叙事反讽研究更侧重于对叙事技巧和叙事策略的探索，研究对象是具有反讽意味的叙事手段。反讽叙事的侧重点在反讽一端，它将某一位作家或作品的总体叙事风格视为反讽，这是叙事的类型之一。其二，二者参照系不同。叙事反讽的参照系是叙事学的理论和范畴，主要依据的是叙事学家的理论，如热奈特、查特曼、普林斯和希利斯·米勒等等。反讽叙事则是以反讽理论为参照系，主要依据的是D. C. 米克、克尔凯郭尔、弗莱等理论家。但二者不是完全独立的，叙事技巧中有具有反讽意味的叙事技巧存在，反讽手段中也有叙事作品的反讽手段出现，二者是你中有我、我中有你的关系。

总而言之，本书是按照叙事反讽的研究方法来对王朔小说进行研究的，王朔小说中的"反故事"模式、叙事的距离和投影、不可靠叙述等范畴都带有反讽意味，因此值得对其进行专门的研究。

第二节　国内外王朔研究综述

王朔是中国当代文学史上一个绕不过去的存在，这不仅仅是因为王朔的创作具有很强的个人色彩，还与王朔作品在学界引发的巨大争议有关。王朔作品中体现出的反抗和解构精神，以及非常个性化的语言成为部分批评家力挺他的理由，这也是王朔研究在文学批评界非常受欢迎的原因。

1978年至今，王朔一直在坚持创作。除了小说以外，他还创作了多篇随笔和评论，2023年甚至又推出了两部长篇小说，即

《起初·竹书》和《起初·绝地天通》。这样一个多产且影响力巨大的作家，本应是文坛瞩目的对象，但令人奇怪的是，王朔却从未获得过任何主流文学奖评审的青睐。无论在中国还是在外国，文学批评家们更愿意把王朔置于争议之中，而不愿意给他一个经典作家的身份。这一方面是因为王朔本人也在作家和电影人这两个身份之间徘徊，模糊的身份和商业化的写作让批评家们拒绝为王朔正名；另一方面则是因为当前的研究中还缺乏对王朔叙事作品完整且全面的研究。

（一）文学史叙述中的王朔

王朔虽然被认为是中国当代文学史上一个绕不过去的存在，但实际上他在当代文学史中的位置却不是十分明确。有些文学史书只承认"王朔现象"对20世纪八九十年代文坛的冲击，对王朔作品的评价则不是太高。如洪子诚在《中国当代文学史》中把王朔的创作归类为20世纪90年代受到关注的文化事件，将"王朔现象"与同时发生的女性作家的"私人写作"、《废都》事件、《白鹿原》等长篇小说的出版并置在一起，认为"针对王朔的争议，主要不是发生在艺术的层面，而是精神、道德倾向上所做的选择"[①]。洪子诚把王朔的创作归类为一个文化事件算是一种比较好的做法，也与《中国当代文学史》的那种一体化的文学史写作方式有关。而在朱栋霖、朱晓进、龙泉明主编的《中国现代文学史1917—2000（下）》中，三人不仅从人文精神和文化思潮的层面对王朔现象进行了分析，还将王朔作为一个重要作家和王小波、贾平凹一起放在90年代小说的"其他"这一类中进行介绍。[②]

张志忠在《1993：世纪末的喧哗》中提到"王朔现象"是世纪

---

① 洪子诚.中国当代文学史.北京：北京大学出版社，2007：351.
② 朱栋霖，朱晓进，龙泉明.中国现代文学史1917—2000（下）.北京：北京大学出版社，2007.

末文坛的"路标与天平"①，他认为，"王朔现象"的出现既是指向21世纪文学新的潮流的路标，又是对文学创作中商业精神与人文精神的天平平衡的一次冲击。陈思和在《中国当代文学史教程》中把王朔的作品标识为社会转型时期的文学，认为他的作品体现出商业写作中的反叛意识。②孟繁华、程光炜的《中国当代文学发展史》也非常重视王朔创作中展现的问题，他们认为这些问题至今还没被人认真研究，认为《顽主》和《白鹿原》与后现代主义文化有某种精神的渊源，是一种典型的后现代文本。③在陈思和、王光东主编，金理编撰的《中国当代文学60年（1949—2009）》中，"王朔现象"作为引发"人文精神大讨论"的导火线被讨论阐释。还有些文学史在叙述当代作家作品时则干脆不提王朔，如丁帆、朱晓进主编的《中国现当代文学》概括了1978年至2000年的新时期文学，对王朔就有意识地忽略了。

（二）文学批评中的王朔

针对王朔作品的国外研究不多，仅有美国学者本杰明·L.李卜曼的《权威与王朔小说的话语》、韩国学者李东辉的《"王朔现象"：一种历史与文学的关照》等。王朔作品的国外研究文献存在几个问题，一是研究成果很少，二是研究层次不高，而且由于王朔作品中北京口语难以理解和翻译的原因，国外学者研究王朔的作品有一种天生的困难。

王朔研究呈现出以国内研究为主的态势，以王朔小说或是"王朔现象"为研究对象的学术论文很多。从早期涉及王朔的评论文章来看，批评者居多。批评者们首先聚焦王朔作品中的"痞子"

---

① 张志忠. 1993：世纪末的喧哗. 北京：人民文学出版社，2017：20.
② 陈思和. 中国当代文学史教程. 上海：复旦大学出版社，1999.
③ 孟繁华，程光炜. 中国当代文学发展史. 北京：北京大学出版社，2011.

对当时中国社会的人文精神带来的冲击，但是对王朔作品中"痞子"的批评不是从文学界开始的，而是从电影界开始的。1989 年邵牧君在《略论王朔电影》中提到，"王朔的小说似乎只写了一个类型人物——由史无前例的'文革'浩劫造就的、在实验性的因而难免漏洞百出的社会主义市场经济运作过程中浑水摸鱼的痞子型青年"[①]。这之后，王朔电影"痞子论"便流传开来，甚至有人说王朔电影是"痞子写，痞子演，教育下一代新痞子"[②]。

随着王朔的名气越来越大，文学界也开始重视王朔的小说创作。由于王朔的作品中对青年边缘人物的形象刻画得比较生动，电影界的"痞子论"最快被文学界接受。1993 年由王晓明、张宏、徐麟等人的对话整理而来的《旷野上的废墟——文学和人文精神的危机》一文，矛头直指王朔的"媚俗"和"调侃"。[③]陈思和、郜元宝、严锋等人 1993 年在《上海文学》发表的《当代知识分子的价值规范》一文也集中讨论了王朔与人文精神失落的问题。[④]张炜、张承志也提出"清洁的精神"[⑤]等道德理想主义的口号，以示与市场消费主义文学割席。除了以上这些文章，批评态度比较激进的还有王彬彬 1994 年在《文艺争鸣》上发表的《过于聪明的中国作家》，以及 1995 年在同一刊物发表的《再谈过于聪明的中国作家及其他》，前者指责王朔丢掉了中国传统文人的"书生气"。[⑥]2000年，王彬彬又在《粤海风》上发表《中国流氓文化之王朔正传》，直接把王朔归于"流氓作家"的行列。[⑦]

但是既然有批评的声音，就有支持的声音。王蒙可以说是第

① 邵牧君.略论王朔电影.电影艺术，1989(5)：9.
② 语出当时的北京电影制片厂厂长宋崇.
③ 王晓明，张宏，徐麟，等.旷野上的废墟——文学和人文精神的危机.上海文学，1993(6)：64.
④ 陈思和，郜元宝，严锋，等.当代知识分子的价值规范.上海文学，1993(7)：64-71.
⑤ 转引自：萧夏林.无援的思想.北京：华艺出版社，1995：25.
⑥ 王彬彬.过于聪明的中国作家.文艺争鸣，1994(6)：65-68；王彬彬.再谈过于聪明的中国作家及其他.文艺争鸣，1995(2)：39-42.
⑦ 王彬彬.中国流氓文化之王朔正传.粤海风，2000(5)：8-11.

一个敢于公开支持王朔的作家和批评家，他的《躲避崇高》一文逆流而上，为王朔在文坛争得了一席之地。① 针对人文精神的讨论，王蒙又发表了《人文精神问题偶感》一文，认为应该从市场经济的角度来解释人文精神，不应故步自封、顾影自怜。除了王蒙，葛红兵也在《不同文学观念的碰撞——论金庸与王朔之争》中提出要对王朔进行公正的评价。②

　　争议使得王朔的面目更加模糊不清，于是更多的批评家选择从客观的角度对王朔作品和现象进行分析。如李杨的《亵渎与逍遥：小说境况一种——王朔小说剖析》、陈思和的《黑色的颓废——读王朔小说的札记》、刘心武的《"大院"里的孩子们》和李新东的《当代文化语境下的王朔》等等。从叙事和反讽方面切入的有杨剑龙的《论王朔小说的反讽艺术》、沈嘉达的《王朔，一个有意味的悖论》、陈学祖和余小彦的《正面价值的颠覆与文本深度的拆解——王朔小说中的"叙述者"与文本建构》、黄平的《反讽、共同体和参与性危机——重读王朔〈顽主〉》等文章。

---

① 王蒙. 躲避崇高. 读书杂志, 1993(1): 10-17.
② 葛红兵. 不同文学观念的碰撞——论金庸与王朔之争. 探索与争鸣, 2000(1): 29-32.

第二章

王朔小说的故事反讽

第一节　王朔小说的逼真性反讽

　　文学与真实的关系总是飘浮不定的，是作家和批评家永恒关注的问题。相较于史诗、传记而言，无论在西方还是东方，小说历来被视为一种虚构的艺术形式，小说中的故事是经作者改造过后的真实，是一种经验的真实。但是，因为文学作品是对经验真实的集中书写，小说中的真实往往比生活中的真实更令读者感受到反讽的意味。

　　在叙事学中，故事的真实性或逼真性是叙事学故事层的基础，因为要建构一个完满的叙事结构，逼真性才能决定这个故事的好坏，而不是将其塑造为另一种文本。乔那森·卡勒在《结构主义诗学》中将"逼真性读出"（vraisemblabisation）看作"把握或构成语言的客观所指"[①]，这种"客观所指"就是指客观的存在物，其中就包括语言、细节、规范性判断等等。王朔是一个非常重视自己作品真实性的作家，他曾在《我的小说》中写道："我写东西都从我个人实例出发。而我接触的生活，使我觉得只要把它们描述出来就足够了。"[②]王朔确实也是这样做的，贴近生活的口语、痞子式的边缘青年人物形象、对性大胆直露的描写让他吸引了一大批忠实的读者，尤其在经历了十年"文革"之后，这种解构"崇高"、贴近生活的写作更是难能可贵。王朔的小说放弃了伤感的挣扎，重新把市井小民的生活放进文学故事之中，这也意味着文学对现

[①]　卡勒.结构主义诗学.盛宁，译.北京：中国人民大学出版社，2018：155.
[②]　王朔.我的小说.人民文学，1989(3)：108.

实生活的回归。

（一）贴近生活的口语化书写

口语化书写是王朔小说非常突出的特色，王朔的口语化书写与其他作家的口语化书写有很大的不同。王朔谈到自己小说最大的独特之处时表示："用活的语言写作，中国多吗？这不是狂话，是得天独厚……独一份的关键就是这儿，我是用第一语言写作，别的作家都是第二语言。"[①]王朔的口语化书写有以下几个特点。其一，王朔的作品虽贴近生活，但仍然保持书面语的形式。王朔的口语化书写用的是市民的日常话语和书面语综合之后的语言，是改造过的口语。王朔小说中的口语也是经过改造的，比如他删去了北京方言中那些难读难懂的生僻词，使用大家都能看懂的普通词，并且有意识地将有音无字的口语化为通俗易懂的音译字，让读者容易理解。其二，王朔大量运用政治性词语和句子。他之所以如此，是因为在北京这个政治中心，街头巷尾议论的、胡同墙面上粉刷的、教材里印刷的都是这类文字，王朔从小在政治氛围很浓厚的部队大院长大，耳濡目染，用起来也得心应手；并且这些政治性话语是全国流通的，因为几乎所有人都明白"为有牺牲多壮志，敢教日月换新天"是伟大领袖毛主席的诗句，表达了一种改天换地的伟大气魄，可以引起读者的共鸣。其三，王朔在小说中会使用社会黑话。黑话产生于生活环境，流通于特定的人群圈子内，是和生活离得最近的也是最独特一种言说方式。赵毅衡在《当说者被说的时候：比较叙述学导论》里指出："文学叙述能产生逼真性，其基本原因是语言作为一种符号体系的特殊能力。它通过人的语言理解能力，通过人的'语言默契'，在人（使用者，

---

① 王朔.无知者无畏.沈阳：春风文艺出版社，2000：170.

接受者）的头脑中激发关于现实的印象。因此，逼真性本是语言的内在可能性。"① 也就是说从一开始，王朔就找到了吸引读者的钥匙，那就是贴近生活的口语化书写。

首先是政治性词语和句子的运用。例如，"敌人""英雄炮手""无畏的姿势""建立功勋""崇拜""难酬蹈海亦英雄""光辉事业""封妻荫子""以副养农""立场坚定""斗争艺术性""给我顶住""做革命事业的可靠接班人""为人民服务""反正我当时就是被糖弹打中的感觉""青年改革家""我一直梦想有一间自己的店铺，好当家作主，从领导、父母给我气受那天开始""生在红旗下，长在蜜罐里""人家说我是当代活'愚公'，用嘴侃大山，每天不止""我对不起组织，对不起生我养我的人民"等等。从中可以看出，王朔小说中存在大量的政治性话语，而王朔使用这些政治性话语的目的，从表层上说，是增强小说背景的年代感，因为20世纪80年代，政治性话语在当时依旧占有很重要的位置；从深层来看，王朔对政治性话语的解构式运用是为了消解其中的权威色彩。

如果说这些词语和句子的运用只是一种语言习惯的话，那王朔小说中还存在大量的政治性对话，如《你不是一个俗人》中：

> "我是说着说着就有些激动了。总要有人作出牺牲，总要有人成为别人的垫脚石，总要有人成为历史的罪人，与其残酷斗争，不如让我们这些有觉悟没牵挂的人舍身成仁。为有牺牲多壮志，敢教日月换新天。忽报人间曾伏虎，泪飞顿作倾盆雨。"②

语言习惯体现出的是思维习惯，王朔的这种思维习惯只有在

---

① 赵毅衡.当说者被说的时候：比较叙述学导论.成都：四川文艺出版社，2013：247.
② 王朔.动物凶猛.北京：北京十月文艺出版社，2016：174.

那个特定的年代才能形成。类似这样的政治性话语在王朔的小说中俯拾皆是。令人惊讶的是，这些政治性话语就是现在的读者读起来也不会觉得拗口和难以理解，如"糖弹"，即"糖衣炮弹"，是指用金钱或物质腐蚀干部和群众，"共产主义接班人"则来自少先队队歌《我们是共产主义接班人》。这种词句是每一个生活在中国的人一定会接触到的表达方式，是生活中处处用得到的。

其次是对青年群体黑话的使用。在中国古代，漕运有过漕帮，乞讨有过丐帮，在这些相对封闭的帮派圈子里有他们自身形成的黑话。在《智取威虎山》这部电影里，杨子荣和土匪们的对话就是典型的黑话，如"甩个蔓子"（报上名来）、"烧干锅蔓"（姓胡）、"天王盖地虎"（敢到你老子头上撒野）、"宝塔镇河妖"（那我就掉下河摔死）等等。双方一听这些黑话，就能互相识别身份，知道是自己人，杨子荣才能成功打入威虎山内部。王朔出身于一个特殊的群体——"大院"子弟，这也是一个相对封闭的群体，刘心武在《"大院"里的孩子们》中曾提到像王朔这样的"大院"子弟的悲惨处境，他们既不属于在"文革"中得到重用的"第一世界群体"，也不属于在"文革"中被批斗、被打压的"第二世界群体"，他们属于"第三世界群体"，被放逐、遗忘在两个世界之外，无父无母，无法无天。[①]这种封闭的语言环境也就衍生出了只属于他们那个圈子的黑话，如"丫"（侮辱性的称呼）、"喇"（对年轻女性的蔑称）、"磕"（死斗）、"揸架"（打群架）、"叉"（杀、打）。这体现了当时的北京"大院"青年们最真实的生活状态，如果王朔不使用这种黑话而改用文绉绉的语言，也就拉大了文本和真实之间的距离。

有些研究北京青年用语的作家就认识到了王朔的这种黑话在

---

① 刘心武. "大院"里的孩子们. 读书，1995(3): 125.

塑造人物和刻画人物性格上的价值。韩荔华在《王朔小说中的北京青年流行用语》中对王朔小说里的用语点评道："北京青年流行用语不仅是社会生活的一面镜子，它也可以作为文学语言成为塑造人物形象、刻画人物性格的重要手段。"①在《美人赠我蒙汗药》里，王朔谈到了他的坚持："我想这种坚持就是想尽可能活得像个人吧。所谓像个人无非就是活得尽可能真实点吧。我觉得其实真实就是全部。"②当王朔使用这种社会黑话写作时，同是"大院"里出来的孩子或是在北京胡同里摸爬滚打过的人一听就知道这是自己人，会倍儿有亲切感，就算是没有在北京"大院"或是胡同里生活过的人，因为其口语运用得顺畅，也会有很强的代入感，觉得自己忽然成为姜文电影里的马小军，在北京各大胡同骑着自行车呼啸成群，到处嚷嚷着诱妞揸架。

　　总之，口语化书写中从对政治性话语到社会黑话的使用体现了王朔小说贴近真实生活的一面。反映真实，王朔的语言很有一套，同时，我们也必须注意到这种逼真性带来的反讽。因为政治性话语是一种严肃的语言，多见于政府部门下发的各种文件中，而王朔将这种政治性话语用到处对象、做生意上，就产生了很强烈的反讽效果。如《你不是一个俗人》中：

　　　　"我再三对同志们讲，要舍得自己，彻底的唯物主义者是无所畏惧的……今天我们就是要发动群众打土豪分田地。你不是宝贝吗？你不是舍不得吗？对不起，我就是要搞光你。"③

　　这段话发生于杨重对"三T"公司无原则的捧人宗旨产生怀疑之后，于观和冯小刚决定对杨重进行批评教育，扭转杨重的"不

①　韩荔华. 王朔小说中的北京青年流行用语. 汉语学习，1993(5)：38.
②　王朔，老侠. 美人赠我蒙汗药. 武汉：长江文艺出版社，2000：57.
③　王朔. 动物凶猛. 北京：北京十月文艺出版社，2016：195.

正确"思想。然而，这个批评会直接开成了"文革"的批判会，杨重直接被打成了"反革命分子"，但于观其实是在评论一件无足轻重的事，杨重也不是土豪，于观和冯小刚也不是红卫兵。将"文革"时期严肃的政治批评与于观批判杨重"捧人"这一行为相对比，王朔的言下之意就呼之欲出了，这与是不是彻底的唯物主义者无关，也与打土豪分田地无关，其实就是劝杨重不要放弃坚持捧人的事业。政治性话语在这里只是一个空壳，代表一种强势和不容置疑的权威口吻。王朔在这里表现出对"文革"时期权威叙事的解构，滑稽幽默也由此产生。

因此，南帆评价王朔时说道："王朔得心应手地耍弄那些政治性话语，这些辞令在他心目中完全丧失了分量。政治性话语的威严外貌无法唤出王朔的恭敬之情，借用王朔小说之中人物的话说，他善于从开屏的孔雀后面找到孔雀的屁眼。"[1]王朔将高高在上的政治性话语拉下来，拉到和普通语言一样的位置上，消解了它的权威性。读王朔小说中的黑话，会有道德感的冲击，一群小痞子，说话口无遮拦，好勇斗狠而且卑鄙下流。有些知识精英也因此对王朔的小说嗤之以鼻，认为王朔是在描写痞子。在《我看王朔》一文中王朔透露他对把他划为社会下层的痞子的言论非常愤怒，他说："我小时候，管你们才叫痞子呢。"[2]两种观点的对立背后反映的是两类群体交流方式的区别，也就是说，当时"大院"子弟之间流行的这种黑话在王朔看来是一种身份的象征，象征着那个年代部队干部地位的"至高无上"，只有那些不在这个圈子里的人才看不懂这些黑话，居然还把其称作流氓痞子的下流口语，这是一种对"大院"圈外人的讽刺。

---

① 南帆.反讽：结构与语境——王蒙、王朔小说的反讽修辞.小说评论，1995(5)：79.
② 王朔.无知者无畏.沈阳：春风文艺出版社，2000：57.

（二）对细节铺垫的重视

王朔在被采访者问到他在创作过程中如何处理细节问题时，他说："但总要写不同身份的人，那么符合这身份的语言、细节，是很费心思的。"[①]王朔小说中的人物形象在20世纪八九十年代的小说中非常独特，他主要描写的是当时游走在社会边缘的青年群体。这些群体游离在社会主流之外，既希望投身于社会主义市场经济发家致富，却又缺乏经商的本领，因此总显得无所适从。这种人物形象给读者们留下了很深刻的印象。

这归功于王朔小说中的细节描写。细节描写也是小说自然化的一种方式，它的目的是使小说显得更加逼真可信。赵毅衡在《当说者被说的时候：比较叙述学导论》中表示，高数量级细节真实法的使用，减少了小说中作家的直接叙述评论，目的是使读者在熟悉的经验材料的大海中不自觉地与作者保持同一价值规范。[②]王朔小说中细节描写的地方很多，但是却往往会被忽略，这是因为王朔小说中感性的东西非常容易感染人，如爱情、少年时的回忆、犯罪心理等强烈的情感刺激会让读者忽略某些细节。但其实无论是在以细节描写为核心的侦探小说里，还是在王朔的"言情"、调侃、深沉类的小说里，细节描写都是他精心设计过的，对推动情节发展和塑造人物性格都有不可或缺的作用。如《浮出海面》中的这一段：

> 晶晶过马路不管什么交通规则不规则的，任意乱走。我批评她，她也不听，警察吼她，她才往人行横道跑……我过马路规规矩矩，可有时爱随地吐痰，卫生警察抓住就毫不客气地在

---

① 王朔，等.我是王朔.北京：国际文化出版公司，1992：51.
② 赵毅衡.当说者被说的时候：比较叙述学导论.成都：四川文艺出版社，2013：254.

众目睽睽之下罚款，根本不听我有鼻炎的申辩。①

这段描写表面上是在说两个人生活习惯上的差异，讨论的只是一件过马路遵守不遵守交通规则的事情：于晶过马路不讲规则是非常危险而且缺乏素质的表现，但是警察只是对她吼两句；"我"有鼻炎所以控制不住随地吐痰却被严厉地罚款。当读者把这一细节略去时，根本没想到这一细节暗示了严重的后果。

> 在街上走时，我们互相争着说话，晶晶为压住我拼命大声嚷嚷，说她的新朋友，她的新节目，在马路上肆无忌惮地走。当时正是下班高峰，一辆辆汽车开得老鹰一样又猛又快，好几次我不得不拉住她，才没被疾驰的车辆撞上。后来我也不看车了，光顾和她说话，就出了事。
> ……
> 接着我见她脸骤然变得恐怖，短促地叫了一声，我就飞到半空中。在空中我想：坏了！②

不遵守交通规则的小细节带来的结果是毁灭性的——石岜最终落下残疾，成了跛脚，失去工作，所以他不想拖累于晶，毅然提出分手。于晶却因为心里有些愧疚，又出于道德原因，不愿意离开石岜，经过分分合合之后，终于发现原来他们是彼此相爱的，最终两人结婚了。如果没有前面对于晶过马路这一习惯的细节铺垫，后边石岜被撞的情节就会变得很恶俗，缺乏因果逻辑。主人公突然被撞是现代偶像剧才会出现的情节，王朔增添的这一细节描写让小说更加逼真了。

王朔小说中的这种细节铺垫非常多，有些还是王朔特意精心设计过的。例如，《永失我爱》里何雷因为救人手肘被划破了一个

---

① 王朔. 一半是火焰　一半是海水. 北京：北京十月文艺出版社，2016：102.
② 王朔. 一半是火焰　一半是海水. 北京：北京十月文艺出版社，2016：111-112.

小口子，这个细节为他后面染上不治之症埋下了铺垫，最后他为了不拖累石静而故意和她吵架分手；《过把瘾就死》中杜梅和方言结婚的时候，杜梅居然没有一个亲朋好友来参加婚礼，这个细节最终引出了她的悲惨身世，因此她个性中的缺爱和偏激也就可以理解了；《顽主》中赵尧舜盯着穿牛仔裤的女孩的臀部看这一细节，也说明赵尧舜是个好色而且虚伪的知识分子。

细节描写对推动情节发展和塑造人物具有特别的作用，这尤其体现在王朔的侦探小说中。王朔共有七部侦探小说，分别是《各执一词》《人莫予毒》《枉然不供》《无情的雨夜》《毒手》《人命危浅》和《我是"狼"》。《各执一词》是由犯人和证人的供词和证词组成的，主观性很强，所以细节描写很少。而《人莫予毒》中，王朔设计了两个细节作为破案的线索，其一为507房间隔壁的509房间和509房间对面的510房间，犯人为了甩掉不爱却多金的妻子，巧妙地利用509和510这两个房间相似的布置让第三者玷污了自己的妻子，然后嫁祸给住在507房间的警官单立人，以达到妻子主动提离婚然后分割财产的目的。其二为单立人在公共盥洗室洗脸时，镜子里出现了一张放荡邪恶的脸。这个细节后来也被证明是作案手段的重要一环。

《枉然不供》用的是抽丝剥茧的方式让真相大白，每排除一名嫌疑人都是因为发现了新的细节。《无情的雨夜》中，单立人和曲强找到了很多线索，却因为受害人不愿意提供配合而无法结案。《毒手》说的是一桩儿子杀害父亲的罪案，通过对犯罪现场的勘查，单立人和曲强发现地上的石灰被人仔细扫过，而且还丢失了一辆自行车等细节，后来这些细节让做伪证的母亲无法圆谎，最终真相大白。《人命危浅》暴露的则是拐卖智力残疾妇女的罪案，两名警察卧底旅馆数日，最终顺藤摸瓜侦破了这起案件。《我是"狼"》说的是一个精神错乱的罪犯，在妄想中以为自己杀死了以前的恋人，虽然事发时确实有一具无名女尸，但是最后该女性被确认为是自杀的，罪犯供认的一切细节都是假的。

　　由此可见，细节描写在王朔的小说中占据了非常重要的地位。细节描写不仅增强了王朔小说的逼真性，而且也增强了现实和小说之间的反讽性。在《后现代转向》中，哈桑将人类精神变得越来越混乱和无序、一部作品也因此变得多义和没有中心这一现象称为"意义的熵"。① 在上文《浮出海面》那段引文中，石岜因为和于晶一起乱穿马路才成了肢残人士，这里表达出一种反讽的意味：无辜的人因为有罪的人而受到了伤害，而有罪的人却逍遥法外。《空中小姐》中也有类似的反讽，虽然王眉经常犯错误，"但她终归还是个有缺点的好乘务员。而我虽然待在家里除了摔破个把碗再没犯别的错误，也还是个没人要的胖子"②。王朔在这里表达出这样一种看法：包括自己在内的"大院"青年是作为最优秀的人被选拔进部队的，现在却成了生活的"迟到者"，成了人人都看不起的个体户，为生计奔波。而在侦探小说中的细节铺垫，则表现出20世纪80年代社会变化的复杂，部分人为了金钱、地位不择手段地伤害他人，甚至犯下罪行。

　　王朔的侦探小说其实算不上他成就最高的作品，但是侦探小说中流露出来的生活的残酷程度是王朔其他小说所不能及的。例如，《各执一词》里对已经溺亡的女学生李飞飞，人们表现出来的也不是尊重，而是在讨论李飞飞和周丕丽两个人骚不骚，李飞飞有没有被摸乳三次这种对女性带有侮辱性的证词；《人莫予毒》中的罪犯竟然为了和妻子离婚，让第三者去玷污她；《枉然不供》则揭开了无爱婚姻的悲剧，那就是双方都出轨，而受到了侮辱的罪犯最后杀了自己的姘头；《无情的雨夜》留给了我们一个悬念，到

---

① 哈桑. 后现代转向. 刘象愚，译. 上海：上海人民出版社，2015：104.
② 王朔. 一半是火焰 一半是海水. 北京：北京十月文艺出版社，2016：25.

底是谁打了周妫？其实这并不重要，重要的是周妫年纪大了还要占着位置不让年轻演员上台，惹怒了年轻演员们，这就是王朔笔下无情的社会，后浪已经迫不及待要把前浪拍倒在沙滩上了；《毒手》讲述了一个父子相残的故事，儿子杀死了暴虐的父亲，酿成了一起家庭悲剧；《人命危浅》中丧了良心的酒店老板拐卖智障妇女给大山里的农民当老婆；《我是"狼"》是一出爱情悲剧，一个执拗的海军士兵被爱人抛弃之后患上了精神分裂症，幻想自己杀了女友。这一起起案件耸人听闻，让我们不禁想反问：这个社会真的如此病态了吗？王朔的侦探小说表面上写的是一起起案件，实则表达出对当时人们精神状态的反讽：改革开放使生产力得以提高，物质生活更加丰富，但一部分人的道德水平却急剧滑坡。"文革"结束后，人们的生活和精神状态看似回到了正轨，但是随之而来的社会变化却又让一些中国人面临另一次精神危机。

（三）故意暴露的叙事痕迹

如果说前两种使得小说自然化的手段要尽可能地隐藏叙事信息传送的痕迹，而达到使小说逼真化的效果，那么还有一种叙事方式是故意暴露叙事痕迹，让读者意识到自己此时是在读小说，反而使得读者更加相信小说的真实性。这看上去像是一个悖论，但读者会对一个承认自己并非全知而只能写下自己所见所闻的叙述者更加信任，该结论由此成立。

赵毅衡曾以王蒙的小说《在伊犁·淡灰色的眼珠》为例，认为该书中"'我'作为作者，自己的形象一直出现，随时像写日记一样发表评论，因此小说读起来非常像真实的回忆录"，或者说"历史的见证"，他认为这种近似"炫耀"的暴露反而让文学叙述离现实更近了。[1]故意暴露叙事痕迹大多是与回忆性叙事相关联的，叙述者在小说中利用回忆给读者造成一种正在写自传的假象，其实这种小说同样也是虚构的，只不过有时候会离现实生活相当近而已。

王朔小说中也有直接暴露叙事痕迹的技法，例如《动物凶猛》中的片段：

> 现在我的头脑像皎洁的月亮一样清醒，我发现我又在虚构了。开篇时我曾发誓要老实地述说这个故事，还其以真相。我一直以为我是遵循记忆点滴如实地描述，甚至舍弃了一些不可靠的印象，不管它们对于情节的连贯和事件的转折有多么大的作用。
>
> 可我还是步入了编织和合理推导的惯性运行……当我依赖小说这种形式想说点真话时，我便犯了一个根本性的错误：我想说真话的愿望有多强烈，我所受到文字干扰便有多大。我悲哀地发现，从技术上我就无法还原真实。我所使用的每一个词语涵义都超过我想表述的具体感受，即便是最准确的一个形容词，在为我所用时也保留了它对其他事物的含义……我从来没见过像文字这么喜爱自我表现和撒谎成性的东西！
>
> 再有一个背叛我的就是我的记忆。它像一个佞臣或女奴一样善于曲意奉承。当我试图追求第一个戏剧效果时，它就把憨厚纯朴的事实打入黑牢，向我贡献了一个美丽妖娆的替身。[2]

《动物凶猛》在这里忽然改变了它的叙述方式，原来读者觉得王朔就是在写自己少年时期的故事，但是随着情节的推进，王朔为了证明自己确实是带着真诚写作，借用了这种先锋小说的写法。程光炜在《读〈动物凶猛〉》中说："不知王朔是否知道他的叙述忽

---

[1] 赵毅衡. 当说者被说的时候：比较叙述学导论. 成都：四川文艺出版社，2013：252.
[2] 王朔. 动物凶猛. 北京：北京十月文艺出版社，2016：144-145.

然变线，却给《动物凶猛》带来意想不到的半真半假的效果。它是一种时代的'大幻觉'。70年代在今天看来亦真亦幻，令人大惑不解。"①在笔者看来，正是这种半真半假的叙述才是王朔的高明之处。诚如大家所知道的，人类的记忆是不可靠的，不仅不可靠，有时候记忆会混乱得让人无法真正认识真相。

王朔利用作家坦承自己不诚实这一叙述动作，来换取读者的信任，并且这种换取还相当成功，给小说意味带来了意想不到的变化。因此读者对《动物凶猛》真实性的认同远高于王朔的其他小说。当我们认识到了《动物凶猛》的真实性后，可以发现一个触目惊心的事实，原来真的就像王朔在《王朔自话像》中说的那样，部分人在身体和智力的发育时期，碰见自身无法控制的重大社会事件，因此导致营养不良。正是这种营养不良使像他们这样的人复员回到社会之后身无长技，有些人努力挣扎之后终于过上了正常人的生活，有些人就慢慢滑向了罪恶的深渊。②痛苦的记忆想被忘记却如影随形，快乐的记忆想被拼命记住却支离破碎。其实并不是王朔的记忆出了问题，而是他对按照情节走向发展的结局出现了怀疑。这写的是真实的自己吗？自己真的有勇气去和高晋、高洋一起打群架、刷圈子吗？王朔在《我是王朔》里承认，"我小时候属于腼腆内向的"③，第一次进公安局的时候被警察一句话就给说"蔫"了，哭得稀里哗啦，后来跟着起哄被罚着写了很多检查，为了争取宽大处理，检查全是批判自己的。

按王朔这种"老没戏"的说法，《动物凶猛》第一种故事的结局其实更加接近王朔想要表述的真正的真实，"我"和米兰根本没有那么熟，"我"应该一直是一个无关紧要的旁观者。可以说，王朔的第一次坦白把整个故事都推翻了，他给了读者两个选择：相

① 程光炜. 读《动物凶猛》. 文艺争鸣，2014(4): 13.
② 王朔. 我的千岁寒. 北京: 北京十月文艺出版社，2016: 序言 1.
③ 王朔，等. 我是王朔. 北京: 国际文化出版公司，1992: 8.

信这个故事是真的，或者认为这个故事是假的。无论选择哪一个，王朔都可以让自己轻易抽身，这样就可以堵上所有人的嘴。总之，王朔故意暴露这种叙事痕迹，实际是做了一个叙述圈套，表面上他承认自己是"撒谎者"，其实是对那些故作高明的"真诚者"的一次反讽，王朔不说我这是"真的"，反正比你的"假不了"。

无独有偶，王朔在他的另外一篇小说《许爷》里也使用了同样的叙事手法。在小说中，"许爷"许立宇到日本之后的生活是靠一个朋友、一本小说、一则轶闻来叙述的，叙述者故意只站在自己有限的角度去描写整个故事，与叙述者无关的故事全都是通过朋友转述，或是从一本小说里找到类似的情节来代替。如果要以全知视角来写许爷的结局该是这样：许爷到了日本，干的是背死人的工作，积攒了一些钱，去嫖娼的时候碰见了中国妓女，两个人因为同在异乡所以彼此产生了真挚的情愫，结果因为当地黑道的压迫，许爷和中国妓女经常受敲诈；终于有一天中国妓女和一个美国老头跑了，并且双双自杀，许爷这才故意去找了黑道老大的麻烦；但是日本是个废除了死刑的国家，所以许爷就被遣送回国，在飞机上唱起了西哈努克亲王作词谱曲的歌曲。

王朔故意不直接讲述故事，而是通过小道消息来侧面描写许爷的结局，让读者对许爷的经历琢磨不透却又没办法不信以为真。以往对《许爷》的研究大多关注许爷作为一个司机的儿子，和"大院"里部队干部的儿子们之间的差别。长大之后许爷成了道德底线高而且自食其力的出租车司机，他小时候的伙伴却成了违法犯罪的流氓痞子。然而，那种骨子里的卑微却是怎么也抹除不掉的，他为了讨好儿时的伙伴不惜旷工，和他们一起去诱拐女学生。与"大院"里的玩伴不同的是，许爷骨子里还有传统中国人的一腔正气，所以他还是坚守住了道德底线。

对尊严的渴望让许爷寻求一切能够提升地位的做法。在 20 世纪 80 年代开出租车是很挣钱的，但许爷还是找不到尊严，看着外国人在中国地位这么高，所以才动起了去日本的念头。在日本经历了一圈之后，他在归国的飞机上还是觉得故土难离、近乡情怯，情不自禁地唱起了歌。王朔在这里表达出的反讽效果其实是很强烈的，因为实际上想在外国找到在中国找不到的尊严同样是天方夜谭。

20 世纪八九十年代出现了"出国热"，在王朔小说里多次出现日本人等人在国内受到"超国民"待遇的情节，表面上这是许爷追求尊严失败的故事，实际上这也是某一些中国人追求尊严失败的故事。当国门打开，一部分中国人一瞬间觉得自己落伍了、卑微了，于是就试图通过移民，把自己从里边到外边统统换一遍，反正变得不像中国人就行，这其实也是一些中国人骨子里残存的奴性。许爷骨子里的奴性还不明显吗？鲁迅先生曾批判说中国自古以来只有两个时代："一，想做奴隶而不得的时代；二，暂时坐稳了奴隶的时代。"[1] 可见鲁迅先生认为中国国民性里的奴性之重。令人啼笑皆非的是，当许爷的飞机进入中国境内之后，他不禁心潮澎湃，哼出了"啊，亲爱的中国啊，我的心还没有变，它永远把你怀念，啊……"[2]。这首歌乍一听是一首爱国歌曲，整个机舱的人都为他鼓掌喝彩，但谁也没有注意到，他唱的是一首由流亡中国的西哈努克亲王作词谱曲的歌。一个中国人要表达爱国之情，唱的歌居然是外国人作词谱曲的，这说明他的自信已经出现了动摇。身为一名中国人，当我们不为自己中国人的身份感到自豪时，就已经失去了最重要的东西。

总而言之，王朔小说中的口语化书写、细节铺垫和故意暴露的叙事痕迹让小说更加接近真实，而这种真实性在小说语境中又

---

① 鲁迅. 鲁迅全集（第 1 卷）. 北京：人民文学出版社，2005：225.
② 王朔. 动物凶猛. 北京：北京十月文艺出版社，2016：287.

会产生反讽的效果。但不可否认的是，王朔在他的小说和创作谈中都提到过关于小说真实性的意见。王朔曾经自嘲说："王朔这个人经常标榜自己'跟谁都玩真的'，假装性情中人。他最爱听的奉承话大概就是别人说他'真实'，并以此自骄骄人……"[①]其实不论是王朔还是其他作家，对一个作家最高的赞誉就是作品贴近真实，王朔作为 20 世纪 80 年代的弄潮儿，他的作品中的真实性和复杂性是很有深度的。因此，我们可以在给王朔冠上"通俗作家"的称号的同时称他为"展现真实"的作家。

第二节 王朔小说的"反故事"模式反讽

要弄清"反故事"，首先得弄清楚故事是什么。从定义上来说，故事是一个从序列（时间或因果）上排列的事件。一般来说，故事中的时间呈线性发展，既可以从开始到结束，也可以从结束回溯开始，甚至可以从事件的中间开始，经典叙事中的故事一般都有开端、发展、高潮、结尾这种固定的情节模式。E. M. 福斯特将小说的基本面确定为讲故事的层面；查特曼提出了"核心与从属"这两个概念来廓清传统故事中的等级逻辑，他认为"核心事件"是"这样一些叙事时刻：它们在朝事件前进的方向上引发问题之关键"[②]。"从属事件"在情节事件上的位置就不那么重要，它们可以被去除，却不会影响整个事件的推进，也就是说在经典叙事中最重要的是核心事件之间的推动，只有核心事件的推动才是可能的，从属事件无法给整个故事带来什么结构上的改变。

但是，现代叙事与传统叙事有很大不同，前者更加倾向于

---

① 王朔. 无知者无畏. 沈阳：春风文艺出版社，2000：53.
② 查特曼. 故事与话语：小说和电影的叙事结构. 徐强，译. 北京：中国人民大学出版社，2013：38.

"反故事"，所谓"反故事"就是不认为因果律在情节上是必要的，有因未必有果，有果也可以没有因，准确地说，"它们质疑的是这样一种叙事逻辑，即一件事导致且仅导致另外一件事，第二件事又导致且仅导致第三件事"①。"反故事"的出现有两个因素。其一，随着现代社会的发展，以往链条式的故事结构已经无法适应现代社会丰富多彩的生活，各种便宜便捷的交通工具、各式各样的传媒手段让故事的展开拥有了更多的可能性。其二，现代小说是生活偶然性的表达，这种偶然性本来就是破碎的，只是靠很浅薄的时间关系联系到一起，上一件事和下一件事没有必然的关系，甚至是两件完全不相关的事。现代叙事中"反故事"叙述有三种方法：戏仿、故事碎片化和重复叙事。戏仿就是重说经典故事，如巴塞尔姆的《白雪公主》、余华的《鲜血梅花》、王小波的《红拂夜奔》《红线盗盒》等作品就是经典的戏仿作品；故事碎片化是比较极端的手法，它指一部小说中只有基本元素，前后绝不连贯；重复讲述则是对故事发展和结局本身的怀疑，如果换一种讲述方式，故事的结局也许会不同，也许并无不同，这类经典作品有豪尔赫·路易斯·博尔赫斯的《关于犹大的三种说法》《小径分岔的花园》等。

（一）语言和结构上的戏仿

戏仿是一种非常古老的写作技巧，它是指后世的作家将前辈作家的文本故事拿来改编、重写，将故事中的人物、情节、语言换成自己的风格和手法。这种改编和重写一般都采用降格的方式，即让原本经典严肃的故事变得滑稽可笑。

戏仿是叙事学中一种重要的叙事技巧，华莱士·马丁将捣乱

---

① 查特曼.故事与话语：小说和电影的叙事结构.徐强，译.北京：中国人民大学出版社，2013：42.

性叙事作品①的技巧分为两类。第一类是通过讽刺、戏仿、反讽等手法向文学和社会挑战的技巧；第二类是与"元虚构"相关的技巧。②但是，其实讽刺、戏仿和反讽在作为一种修辞技巧时，表示的都是符码与信息的不对称，或是两套符码一种信息（戏仿），或是一套符码两种信息（讽刺、反讽）。简而言之，我们愈是仔细地区分反讽、讽刺和戏仿，就会发现它们愈发一致。因此，本书将戏仿作为"反故事"的研究技巧，目的是分析王朔小说中的戏仿作品表达出的反讽效果，戏仿主要以语言、结构和主题上与所模仿者的种种差异为标志，其中又以语言上的戏仿最为重要。

王朔小说在语言上的戏仿可以分为两类：一类是对政治性话语和佛教用语的戏仿；另一类是结构上的戏仿。上一节讨论了王朔使用政治性话语以贴近真实这一方面的效果，真实性的反讽其实是通过生活中的真实和小说中的真实之间的距离表现出来的，王朔的语言风格与生活贴得越近，这种反讽意味就越强。在本节中，对王朔小说中政治性话语的研究主要集中在他怎样将严肃、权威的政治性话语拉下宝座，将权威解构成了戏谑，将严肃解构成了诙谐。

如在《你不是一个俗人》里，马青批评杨重说，"你那个虚荣心不是知识分子的，而是彻头彻尾小布尔乔亚虚荣心；你到农贸市场买菜连价钱都不好意思问嘛，不管给多少丢了钱就走"，于观马上在笔记本上记上了一条——"这也是资产阶级阔少作风"。③"小布尔乔亚"指小资产阶级，马青仅凭杨重买菜不讲价这一细节，就给他扣上"资产阶级阔少作风"的帽子，不由得令人产生联想。杨重的反驳也很有意思："我同情劳动人民，乐意多给他

---

① 搅乱性叙事作品指以戏仿、元虚构等叙事技巧故意降低底本的严肃性，让它变成幽默、令人发笑的新文本。
② 马丁. 当代叙事学. 伍晓明，译. 北京：中国人民大学出版社，2018.
③ 王朔. 动物凶猛. 北京：北京十月文艺出版社，2016：196.

们几个。"① 在这篇小说中，王朔故意安排这种带有某种特定历史熟悉感的对话，其实就是对"文革"时期特定情境的语言风格的戏仿，这种戏仿以戏谑为目的，对杨重的批评实际上是无足轻重的，而背后表现的则是不正经、虚无的人生态度。

对佛教用语的戏仿则与王朔对佛教语言的改编有关。在《我的千岁寒》和《能断金刚般若波罗蜜多经》中，王朔用自己的语言把佛经阐释了一遍，原本微言大义的佛经变得妙趣横生，原本需要参透的禅宗故事被简化成了街头巷尾的小故事。如《能断金刚般若波罗蜜多经》的开头：

> 如是我闻。一时，佛在舍卫国祇树给孤独园，与大比丘众千二百五十人俱。
> 尔时世尊食时，着衣持钵，入舍卫大城乞食。于其城中，次第乞已，还至本处。饭食讫，收衣钵，洗足已，敷座而坐。②

王朔在小说中的阐释既不是意译，也不是直译，而是带有他非常鲜明的个人风格。他将"佛在舍卫国祇树给孤独园，与大比丘众千二百五十人俱"释成"佛——大彻大悟的释迦牟尼老师在印度舍卫国一所叫'每棵树都给孤独'的园子，和一千二百五十个持戒弟子以及闲人住在一起"③。王朔将"食时"写作"饭点儿"，又在"洗足已，敷座而坐"之间加上了"拍软乎坐垫"④ 这个本来没有的动作。经过王朔的加工之后，原本释迦牟尼安于贫苦、无欲无求的神圣形象被破坏了，让读者感受到释迦牟尼是个自得其乐的北京老头儿，每天除了打坐，就是在饭点的时候和其他和尚一起去城里讨饭吃。

---

① 王朔.动物凶猛.北京：北京十月文艺出版社，2016：196.
② 王朔.我的千岁寒.北京：北京十月文艺出版社，2016：163.
③ 王朔.我的千岁寒.北京：北京十月文艺出版社，2016：141.
④ 王朔.我的千岁寒.北京：北京十月文艺出版社，2016：141.

　　《我的千岁寒》和《能断金刚般若波罗蜜多经》选的都是佛教题材中的经典。佛教本来是教人心境平和、超脱物外的宗教，在王朔笔下还是被拉下了神坛，也许正如王朔在自序里说的，《能断金刚般若波罗蜜多经》是他在完全没有觉悟的情况下望文生义乱解的。其实，没有觉悟和望文生义都是自谦之语，王朔经过仔细琢磨，对佛教经典进行戏仿，让佛也从高高在上的神坛上下来了，这种戏仿表面上是对佛教经典的另一种改写，其实是对那些假装遁入空门、清高要渡世人的假高人的反讽。王朔还是那个《阳光灿烂的日子》里的王朔，他不相信这些宗教能救世人，能让人得到最终的解脱。也可以这样说，在王朔心里，《金刚经》中可能只有一句话是对的：凡所有相，皆是虚妄。

　　王朔的这种怀疑在北岛那里同样也有，北岛在《回答》里写道："告诉你吧，世界／我——不——相——信！"[①]这种不相信是一种无奈，我曾经相信过，却被辜负了，被背弃了，所以我现在不相信了。这也就是王朔选择对政治性话语和佛教经典进行戏仿的原因。在青年时代，王朔是多么期待建功立业，但是事与愿违，他不但没有建功立业，还因为跟不上时代变化而处处碰壁。曾经不被看重的知识、学历成了社会求职的敲门砖。在经历数种挫折后，怀疑一切成了王朔的精神核心，戏仿就成了最好的解构信仰的武器。

　　关于结构上的戏仿，王朔小说中最突出的就是《玩的就是心跳》，这部小说是对法国作家帕特里克·莫迪亚诺《暗店街》的戏仿。《玩的就是心跳》是用倒叙的方式展开的故事，故事的主人公方言在某一天晚上忽然被警察找上门来，警察的来意很明显，他们是来调查一起谋杀案的。案情的焦点在于方言第一次去广州的七天里到底发生了什么，然而方言却像患了失忆症一样语焉不详。

---

① 北岛.北岛作品.武汉:长江文艺出版社，2014:4.

为了洗清嫌疑，方言不得不去找一起去广州的伙伴，让他们帮助自己一起回忆过去。但是结果却令人大跌眼镜。原来这几个人一起设了一个局，为了玩上更刺激的游戏，冯小刚提议将自己的命当作游戏的关键谜题。王朔想在这群人的游戏里玩出一些花样来，就试图用侦探小说的写法去创作故事。

莫迪亚诺的《暗店街》说的也是一个失忆的人去寻找以前一起谋杀案的真相的故事。两个故事结构相似，王朔自己也承认《玩的就是心跳》就是源自莫迪亚诺的《暗店街》。[①]《暗店街》其实是一篇结构上非常严谨的侦探小说，但更值得讨论的是其表现出的二战之后西方资本主义世界的社会问题，以及人们普遍存在的内心空虚和幻灭感。而王朔用《暗店街》的结构写出了属于他那个时代的幻灭感，《玩的就是心跳》里的一群人玩到最后，女人、金钱已经算不上事，更谈不上是杀人动机了。那么玩什么？那就只剩下人命可以玩了。冯小刚、高晋、高洋、刘炎四人设计了一个游戏，游戏主角冯小刚用自己的命作为游戏的筹码，其他三个人分别去将方言这个局外人拉进游戏里。记忆是这个游戏的最大障碍，游戏胜利的条件是方言没法破解这个游戏，但如果方言没法破解这个游戏，那么方言就会因为杀害冯小刚的罪名被判刑，这个游戏的目的就达到了。

在谈到《玩的就是心跳》时，王朔承认写到最后都"没辙了"，无法给这些人设置一个"因果关系"，最后索性就干脆"玩的就是心跳吧，咱不为什么了，什么都不为了"。[②]其实，不管是输还是赢，没有人会得到实质性的解脱和快乐，死掉的冯小刚再也不会知道故事的结局，另外三人将永远背负杀人罪名，方言虽然洗脱了罪名，但是却无法不背上一份愧疚。王朔在《玩的就是心跳》里

---

①　王朔. 无知者无畏. 沈阳：春风文艺出版社，2000：53.

②　王朔，等. 我是王朔. 北京：国际文化出版公司，1992：53-54.

要表达的感情是沉重的，他用侦探小说的结构搭成了一间恐怖屋，推门进去之后没有凶杀，也没有鬼怪，门后是虚无，是永恒的无聊，难道还有比这更恐怖的吗？

（二）故事碎片化

王朔小说中"反故事"的第二种技巧叫作故事碎片化。"碎片化"是网络时代的突出特征，随着微博、微信等应用软件的发展和普及，文章、评论呈现出越来越"碎片化"的态势，人们不再表达对整个事件的完整看法，而是只说出自己当时当地的所思所想，这种所思所想可能是由于当时的事件的强烈刺激造成的一种灵光乍现，也可能是许久之前的一段记忆的沉渣泛起。

王朔小说中也具有相似的叙事特征。"反故事"被王朔称为"个人化写作"，在《知道分子》中，他点评作家赵波的小说时写道："今天的小说，我觉得，包括赵波在内的一些作家，他们的作品都出现一种——那种文体我现在无法命名，反正就是想到哪写到哪的这么一种文体。把这个自然段写精彩了，下一自然段另开，你可以看她小说里，感觉是有一百个开头在里面。我倒觉得这倒符合现代人的情感结构：都是一段段的，谁都没在追求一个完整的故事。"[1]也就是说，今天的每个人相对来讲个性都更加独立完整，当我们看书的时候，其实更希望看到的是另一个人活生生的自我，而不是我们身处的这个社会"由某个也许并不比我高明的家伙再给我饶舌地描述一遍"[2]。

赵波是个很有天赋的作家，她的散文读来让人感觉有故事的存在，但是所有的故事都不明晰，都化在了作家的感觉里，如在《隐秘的玫瑰》第 19 页的开头："生活有很多过法，每个人只能选

---

① 王朔.知道分子.北京：北京十月文艺出版社，2016：9.
② 王朔.知道分子.北京：北京十月文艺出版社，2016：10.

择一种。你选择了一种，就自动放弃了别的。就像你要跟着这个
男人，另外一个男人便会自动弃你而去，不会无端地把你等待，
等待你不知何时可能会有的回头动作。"①这应该是一段很长的故
事，故事里应该有两个男人和一个女人，女人决定跟着其中一个
男人，另一个男人就主动离开了，但是这个女人心里却还装着两
个男人，这种个人化写作的特征之一就是把故事揉碎了，然后用
自己的感觉把故事粘连起来，没有时间上的线性关系，更不存在
因果联系。

王朔小说的故事碎片化是从《我的千岁寒》开始的，《我的千
岁寒》改编自《六祖坛经》。《六祖坛经》说的是禅宗六祖慧能开悟
的故事，原文还是通俗易懂的，王朔直接把《六祖坛经》改成了摩
尔斯电码，让人不知道他要说什么：

> 1.时——觉悟者释迦族的明珠湮灭物质形式回归能量圈两
> 个五百公转儿后，第三个五百公转儿内。
> 大——欧亚陆架中央隆起雪山发源之水越撇越长撇出一江
> 一河流入太平洋，流域地区是唐朝——女士主政时代。②

破折号后边的写作痕迹是王朔故意留下的，确实不是容易读
懂的话，更直白地说，除了作家本人之外谁也看不懂。批评界对
《我的千岁寒》的出现集体失语，不仅《我的千岁寒》是将故事粉
碎之后写出来的，《唯物论史纲》《新狂人日记》《和我们的女儿谈
话》这三部小说也是将故事打碎之后拼贴起来的，王朔似乎在这
些书里患上了逻辑缺失症，想到哪写到哪，上一段写完，下一段
又重新开头，整部小说有几百个开头。如《唯物论史纲》的"七、
共和成立"这一章：

---

① 赵波.隐秘的玫瑰.天津：百花文艺出版社，2002：19.
② 王朔.我的千岁寒.北京：北京十月文艺出版社，2016：3.

3.第一共和时期哀歌一首：

能量从上到地，亚军当然是夸克——夸克身上扯出肋骨还是夸克；

电子裙下提及女娲及其夏娃诸如此类一线天鹅；

没有交接望不见你，配合你——姿势一定很重要；

——望见你才镜见我们是美；

——镜中的自我在真实生活；

——看着美——速度——叫我如何摔下你飞越这妄想长河？

和平来自交配——

色即是——联合——过——

水彩——触碰——涟漪——影——响——出三维真实，一波又一波——

如今我在忘河上独自划筏过着随波逐流的日子，你早已不知去向；

羞耻就是我执——①

在这篇原名为《论上帝是物质》的小说中，王朔想要描述的是物理学中的原子、电子、夸克按照物理法则结合、分离等自然现象，从而论证出上帝是物质的。但是王朔既没有提出论据，也没有论证过程，只有一个论题，最后也没有得出结论。王朔只是写自己当时脑子里想写的想法，没有任何逻辑情节作为链条。这是因为在王朔看来，此时真实已经不存在了，他出现了"认知障碍"，站在大街上，一步也不敢往前迈，整个世界全变脸了，路人、行道树、阳光全都陌生得让人害怕。这几部小说是王朔"每一念起，就直接打上去"②的成果，他想试验一下如若不存念想会发生什么，结果惊倒了一片，也惊着了自己。

---

① 王朔. 知道分子. 北京：北京十月文艺出版社，2016：364.
② 王朔. 新狂人日记. 北京：北京十月文艺出版社，2016：2.

可以这样说，王朔这几部小说是读者无法理解的，不是写给读者看的，而是写给王朔自己看的，世界上只有一部独一无二的解码器，就握在王朔自己手里。让我们暂时搁置王朔这几部小说在内容上的意义，转向探讨这种破碎的故事形式带来的反讽效果。其一，它们打碎了那些认为宗教信仰可以拯救一切人的执念。王朔反其道行之，破坏了故事的情节逻辑，之后又代之以个人的感悟，等于给文本加上了一层个人化的密码。王朔故意破坏了《六祖坛经》的故事链条，其实就是对宗教信仰产生了怀疑。其二，《论上帝是物质》也是一篇反讽性很强的文章，王朔使用碎片化的表达技巧，就是要搅混这一摊水。有人说王朔疯了，王朔也承认自己疯了，但那些说他疯了的人就纠结了，因为一个疯了的人是不会说自己是疯子的。

总之，综观王朔的《我的千岁寒》《新狂人日记》《和我们的女儿谈话》等小说，它们呈现出的都是故事的碎片化倾向，小说情节逻辑破碎，也根本没有开端、发展、高潮、结尾这些要素，小说中所有的片段指向都是模糊、多义的。换句话说，这是王朔留给后世的一个谜语。王朔常常以《红楼梦》为自己小说的最高追求目标，后世的红学家们对《红楼梦》有成千上万种评点解读，这是王朔所羡慕的，所以这几部小说可以看作王朔对《红楼梦》的模仿，这种模仿与情节结构或故事内容都无关，只是王朔用故事碎片化的方式给他的文本加上了一层个人化的密码，王朔希望引起潜在的"千学家们"的注意。

（三）重复叙事

王朔小说中"反故事"叙事的最后一种形式是重复叙事。重复叙事就是将一个故事重新说一遍或几遍，这种重复叙事的目的是打乱原有故事的逻辑，让原来清晰的人物关系和情节逻辑变得混乱模糊。米勒曾说："任何一部小说都是重复现象的复合组织，都是重复中的重复，或者是与其他重复形成链形联系的重复的复合组织。"[①]在文学写作中，作者常常要处理对同一个故事、场景、人物的重复写作，这种重复写作不能完全一样。

王朔在《他们曾使我空虚》里提到了对自己影响最大的十部作品，他们分别是《莺莺传》《白娘子永镇雷峰塔》《驿站长》《献给爱斯美的故事》《忧国》《没有毛发的墨西哥人》《刎颈之交》《关于犹大的三种说法》《采薇》《他们不是你丈夫》。其中，王朔比较推崇博尔赫斯的《关于犹大的三种说法》，认为这部小说的写法颠覆了以往的写作观，其骇人听闻的程度足以使读者手脚冰凉。其实博尔赫斯就是用了"反故事"重复叙事的方法，打断了叙事逻辑，仅仅是向读者呈现出有可能性的故事。

在《关于犹大的三种说法》中，对于耶稣和犹大的身份就可以有三种不同的说法。博尔赫斯选择三种说法来叙述同一个故事，但是每一个故事表达出来的叙事效果都不一样。博尔赫斯装作叙述者，貌似在转达历史资料中的内容，其实是用小说的形式把一个故事说了三遍，每一种结局都不一样。

王朔小说中也有类似的重复叙事的痕迹。总的来说，他的叙事类型可以分为三类。其一为《玩的就是心跳》采取的倒叙模式。倒叙必然要把一个故事重复说好几遍。其二为多重视点叙事。具有代表性的是《各执一词》，小说围绕一个案件展开，分别出现了联防民兵队长赵玉河，派出所民警周至刚，待业青年吴志军和郑立平，李飞飞的同学周丕丽、沈萍，被害人的父亲李玉奎、母亲王翠兰、班主任蒋大云，以及周丕丽的哥哥周丕阳，共十个人。这十个人分别从自己的视角就 1984 年 7 月 15 日晚 7 时发生的事情提供了自己的供词，但是十个人有十种说法，到最后也无法统

---

① 米勒. 小说与重复：七部英国小说. 王宏图，译. 天津：天津人民出版社，2008：3.

一。其三出现在《一半是火焰　一半是海水》《许爷》和《动物凶猛》中，有些是叙述者因要表达一种命运观而重复一个故事，有些是叙述者对自己的记忆不确信，所以将故事按照两种不同的结局叙述一遍。

下面首先对《玩的就是心跳》这部小说进行分析。这部小说是用倒叙的手法写的，倒叙的故事在时间和主体故事上都会有一个交叉点，一般是作者首先在主体故事中对一件已经发生的事情进行详细或简单的叙述，然后在倒叙开始后重新对故事进行详细或简单的叙述，在这种详略交替、时间交叉之中会产生一种错综关系，且读者不会产生故事拖沓重复的感觉。如：

> "怎么不是'咱们'？"我提醒许逊，"高洋没吃完饭就走了，咱们又过了会儿才一起离开去动物园看猴子。在动物园咱们还和几个东北人打了一架。你喝多了招人家以为人家一个人，结果人家是一伙都带着刀子一围上来咱们全傻了——你丫先撒腿跑。
>
> 许逊笑。"先撒腿跑的是你，招事的也是你，你一贯喝了酒就招事还总占不着便宜；哥们儿陪着你挨了多少砖块，从小到大你还说什么。"①

这是真相揭露之前，方言和许逊关于在猴山与人发生冲突的回忆，两个人的回忆不一样甚至还有些冲突，这时候读者是不知道真相究竟如何的。当时，方言和许逊的对话中出现的混乱和当时气氛的混乱是相对应的，方言那时的语气还有点试探和调侃的意味，许逊的语气则是很严肃的。到了故事结尾，作者从第十二天往前一步步揭露时，真相才渐渐浮出水面，叙述者这时候换成了以全知视角的第三人称出现，对当时发生的事情进行了还原，

---

① 王朔.玩的就是心跳.北京：北京十月文艺出版社，2016：43.

但是仍不清楚到底是谁惹的事，只知道方言是逃跑时跑在第一个的人。一般来说，跑在第一个的人往往是最先惹事的人。倒叙和第一、第三人称转换的叙述方式，解开了读者的困惑。

真相被揭开后，读者对方言这个人物又有了新的认识，即爱惹事却又最先逃跑，这就与当初冯小刚、高洋、高晋决定将方言拉进这个游戏的理由相呼应了。他们认为方言是那种遇到事情就躲着走的人，把他拉进这个游戏，一来可以给他添点麻烦，省得他活得太轻松了，二来方言肯定会想办法洗脱自己的罪名，也不至于最后冤枉了无罪的人。从动机来看，冯小刚他们是为了当英雄才想出这个游戏，可惜的是和平年代不需要英雄，所以他们只能人为炮制一出假英雄的闹剧。但让人觉得惊悚的是，冯小刚居然真的把自己的性命交出去当作游戏的筹码。

总之，王朔这类人的幻灭感就是来自这里。他们从小到大接受的教育是激进的、革命式的，而等他们长大准备实现自己的梦想时，国门打开了。因此，不仅仅是物质的丰足、经济的发展让那个年代的人有一种失落感，国家政策的转变也使一大批立志要为国家做贡献却缺乏新时代需要的本领的年轻人无所适从，这些群体在梦想失落之后，只剩一种失落感和幻灭感。

其次，多重视点叙事也是经常被作家们运用的一种叙事技巧。如在威廉·福克纳的《我弥留之际》中，有朱厄尔等十五个人物，各个人物都从自身的视角对事情发表评论。每个视角都能表现出一个人物独特的性格，像卡什的麻木和沉默，朱厄尔如火一样的性格，每个视角都是一种对故事的解释。与之类似的《各执一词》中出现了十个人物的供词，联防队长赵玉河、民警周至刚和班主任蒋大云看待事情的角度带有道德俯视的意味，他们几乎一致认为李飞飞和周丕丽属于不良少女，在心里就把她们和流氓归于一类。李飞飞的父母一味地袒护自己的女儿，父亲溺爱她，母亲对其则是打击式教育。周丕丽作为当事人之一，也是刚好处于自以为很成熟的阶段，但其实又没有承担责任的勇气，沈萍也是这样，所以他们认为过错都在待业青年吴志军和郑立平身上。

待业青年吴志军和郑立平就是社会上常见的小流氓，既没有抢劫强奸的勇气，也没有杀人放火的胆量，他们承认自己有错，但是表示李飞飞和周丕丽也不是什么好人，他们之间属于你情我愿的关系。尽管他们讲的是同一个故事，我们却能发现许多不同的东西。比如依照沈萍的证言，我们意识到班主任蒋大云也是一个不称职的老师，蛮横高傲，经常伤害学生的自尊心；依照班主任蒋大云的证言，我们可以得知李飞飞的家庭生活并不幸福，夹在溺爱的父亲和神经质的母亲之间，根本得不到理解；通过两位待业青年的证词，我们对联防队长和警察的看法又有了改变，他们对听流氓故事的痴迷几近病态，对被捕青年暴力执法并使其屈打成招；等等。讽刺的是，明明这十个人对李飞飞的自溺都有责任，最后却只有两位待业青年站上了审判台。故事结尾是悲剧性的，不只是一个花季少女因为莫须有的清白被毁失去了生命，还有那么多的成年人并未因此得以警醒。

最后，王朔小说中的第三类重复叙事出现在《一半是火焰　一半是海水》《许爷》和《动物凶猛》中。这一类的小说叙事与前两类不同，这一类的小说中只有一个叙述者，叙述视角也没有发生改变，就是把上一段故事重新说一遍，人物的对话和场景几乎都没有改变。在《一半是火焰　一半是海水》中，张明和胡亦其实又将张明和吴迪的故事重新演绎了一遍，连同人物的对话、对话发生的场景、吴迪和胡亦与张明初见时手里拿的那一本深奥的文学理论书都一样。不一样的是主人公张明。入狱之前的张明游戏人生、浪迹花丛，是个十恶不赦的混蛋，诱奸了吴迪之后又把她抛弃，致使吴迪沦落为妓女之后自杀；服刑后的张明一改浪荡作风，面对胡亦的主动也坚持原则，第二天早上甚至因为情欲的折磨把眼睛都憋红了。可是吴迪和胡亦的结果却同样悲剧：吴迪沦为娼妓，胡亦被人轮奸。王朔正是通过情节和语言在结构上的相似性，让读者意识到这是一种反讽，虽然张明改变了，但女主人公的命运并没有改变，如果不彻底整治不良之风，像吴迪和胡亦这样的女孩的命运永远都只能是悲剧。小说最后，张明把那两个假装作家的骗子送进了监狱。结合张明自己的命运，这种结局更像是一种接力，说明罪恶之人最终会受到惩罚，社会最终会变得更加美好。

　　总而言之，"反故事"叙事作为一种叙事技巧，利用戏仿、故事碎片化和重复叙事这三方面具体的叙事行为，让王朔小说呈现出反权威、反逻辑、反结构的解构倾向。一方面，王朔小说中对政治性话语、佛教经典在语言上的戏仿和故事上的碎片化叙事，既打破了政治性话语的权威性和佛教经典的神秘性，又表现出后现代主义的虚无感和幻灭感。王朔的这种精神在邓晓芒看来是出于对真正信仰的追求，他认为"真正的信仰是一种痛苦的怀疑，即对自己的信仰的不断拷问，为自己目前的信仰的有可能虚假而不安，而努力寻求超越之道"[①]，目的是告诉读者因为政治信仰的破灭而去皈依宗教是毫无用处的，这体现出王朔身上怀疑一切的精神。另一方面，王朔又通过创作令评论家"失语"的小说，表达了一种叛逆到底的写作观，这种写作观透露出王朔对命运的悲观看法和拒绝与人交流的意志。

---

① 邓晓芒. 从寻根到漂泊: 世纪之交的中国文学与文化. 广州: 羊城晚报出版社, 2003: 76.

第三节　叙事时间被拨乱引发的反讽

故事是以时间为链条组织起来的事件。时间作为一种古老的存在，指导着农耕春时，也深深地刻进了普罗大众的生活。从历史的逻辑来看，时间是一条永不停止前进的直线，是一元的，万事万物都在这条线上分蘖凋零。从文学的叙述逻辑来看，时间却是复杂多变的。小说中主要有两种时间。第一种时间是"话语时间"，这种时间是指叙述者叙述故事使用的时间，具体呈现如"接下来这个故事是这样的"。叙述时间的长短往往要靠故事字数、叙事页数等空间要素来衡量。第二种时间是"故事时间"，这种时间是指故事本来经过的时间，如"一晃三天过去了"的故事时间就是指三天的时间跨度。故事时间有其自己的时间逻辑，是每一分每一秒都存在的时间。但是在小说中故事时间要受话语时间的控制，二者之间总的来说有三种关系：时序、时长和频率。时序就是话语时间和故事时间之间的顺序关系，倒叙和预叙是其主要的两种叙述关系；时长是指叙述所需的时间和故事发生所需的时间之间的关系，主要有概述、省略、场景、拉伸和停顿五种关系，其中省略和停顿是时间为零的特殊情况；频率则和重复有关，有一段时间的单一叙述，也有复合单一叙述，有重复叙述，也有综合叙述。作家们总是喜欢打乱故事中的时序、时长和频率，让小说时间呈现出某种节奏，表现出某些艺术效果。王朔在安排小说的时序、时长和频率时颇费心思，他的目的是让被刻意拨乱的时间演奏出一曲反讽的乐章。

（一）颠倒的时序

时序可以被解释为时间的序列，序列有两种情况，正常序列和错时序列。正常序列无须赘言，叙述者按照时间先后顺序正常地叙述一个故事，话语时间顺序和故事时间顺序一致，但这种正常顺序的叙事只可能发生在日常个人的时间表上。有些研究者断言，小说中所有的叙述必然是倒叙，也就是说小说的故事时间都发生在话语时间之后，底本时间一定前于述本时间。这样说有一定的道理，因为事件只有在发生之后，作家才能对其进行加工，然后将加工后的事件连缀起来，形成故事。但是从今天看，这也不完全对，因为相对于幻想型文学，科幻文学《三体》《流浪地球》等偏向于想象从来未有之物的类型文学的故事中的人和物不可能出现在过去，也就是说底本时间未必前于述本时间，所以笔者认为不应该取消"预叙"这一叙述时序。

　　错时序列是值得注意的，错时序列一般分为两种。其一为倒叙，这种被查特曼称为闪回（flashback/analepse）的技巧是中西方小说家都很喜欢使用的一种技巧。但我们又不得不指出全书倒叙和偶尔倒叙的小说的区别。

　　如果是全书倒叙的回忆叙事，如《看上去很美》《致女儿书》等，叙述者隐藏在幕后假装不出现，似乎小说中就只有故事时间这一种时间在流动，事实上，话语时间也在不停地往前流动。这种倒叙中两种时间的起点一开始就确定好了，永远不可能有交集，所以显得稳定，尤其是话语时间的隐去让读者只对故事中时间的流动有明显感受，可以让读者更好地代入叙述者的回忆之中，如：

> 　　陈南燕很早就进入了我的生活，早到记不清年代。当时我和她妹妹陈北燕床挨床一起睡在新北京一所军队大院的保育院里。那间寝室一望无尽，睡着近百名昏昏沉沉的婴儿，床上吃床上拉，啼哭声不绝于耳。很多人经过我的床边，对我做出种种举动，都被我忘了，只认识并记住了陈南燕的脸。[1]

---

[1]　王朔. 看上去很美. 北京: 北京十月文艺出版社, 2016: 1.

又如：

> 方超醒了，听到耳边很近有人抽泣全身汗毛一下竖了起
> 来。他发现那是同睡一床的弟弟在哭，便用膀子撞他小声问：
> 你怎么啦？
> 半天，方枪枪才说：我觉得……我觉得咱们都活不长了。[①]

这是《看上去很美》的开头段和结尾段，话语时间一直发生在现在，同时一直在远离现在，故事时间一直处在方枪枪的儿童时代，同时一直在向现在靠近，读者几乎感受不到话语时间的流动。假设正常序列的故事排序是 1234 的话，那完全倒叙就是 4321。完全倒叙在叙史性文本中比较常见，如《战争与和平》《静静的顿河》等。

相比于完全倒叙，偶尔倒叙更为常见，且更加灵活，可以是 2134 或是 1243 等任何一种组合，王朔的小说《许爷》就是用偶尔倒叙的方式来叙述的。《许爷》的故事时间开始于现在，主人公在街上叫了辆出租车去看朋友，结果被司机认出来主人公是许立宇的朋友（现在），主人公回忆起许立宇是自己的中学同学，还替自己替了罪（过去）；再次碰见许立宇时已经是 20 世纪 80 年代中期，两人又一起经历过了许多荒唐的事（过去），主人公去邢肃宁的餐馆打听许立宇的消息（现在）。因此，《许爷》的故事时间经历了"现在—过去—现在"的变化，也就构成了偶尔倒叙。

假设王朔将故事按照从过去到现在的顺序来写，比如开头是"许立宇是我的中学同学"，这与原文相比就少了从现在开始写的悬念感。许立宇是谁？和主人公是什么关系？他为什么在日本被判刑？种种疑问扑面而来，读者就会渴望得到这些问题的答案，而这些答案又可以通过下一步的叙述来揭开，这样就能在结构上

---

① 王朔.看上去很美.北京：北京十月文艺出版社，2016：296.

构成一个完整的故事。时间上的闪回铺平了逻辑的顺序，即从提出悬念到解决悬念。偶尔倒叙的另外一个功能是保持叙述主线的清晰性。《许爷》中，主人公和许立宇去赴邢肃宁的聚会，在聚会中说到许立宇的风流韵事，叙述者为了不打破原来的叙述线性，就采用了另起一线的方法，例如"故事大致如下"。倒叙完许立宇和安德蕾的风流韵事之后，叙述者又回归了故事的主线。在主人公和许立宇、吴建新渐渐疏远之后，许立宇的生活中发生了什么事情，叙述者是不知道的，这个故事就正好填充了叙述者缺席的时间。补上这段时间之后，我们能对许立宇的生活有一个大致的了解，他还是那个自卑、善于讨好别人、外强中干的许爷，和吴建新等一伙人分手后，他又搭上了邢肃宁这样一伙人，他将自己的自尊当作笑话说给人听，继续寻求名为自尊实为金钱的梦想。

其二为预叙，就是预先叙述。预叙也分两种情况，一种是对已经发生的事情的预叙，话语时间可以跳到中间事件之后，明清小说中常有这样的句子，如"……此是后话，暂且不表"，省略号里常常交代后文要发生的事情。又如《红楼梦》第五回"游幻境指迷十二钗　饮仙醪曲演红楼梦"中，宝玉将《金陵十二钗又副册》打开后，看见了这样一段诗句：

> 霁月难逢，彩云易散。心比天高，身为下贱。风流灵巧招
> 人怨。寿夭多因毁谤生，多情公子空牵念。①

这一段诗句预叙了晴雯的一生，她心气很高，却命比纸薄，由于他人诬陷而被逐出贾府，宝玉念往日旧情还去探访过晴雯，但却无法改变什么，晴雯最后死得十分凄惨。这种预叙起着提点后文的作用，王朔小说里几乎没有这类预叙出现，这或许与王朔

---

① 曹雪芹. 红楼梦. 北京：人民文学出版社，2008：75.

本身的写作习惯有关。王朔曾说自己平均一天能写五千字，写得快时差不多能到八千字，而且基本是一稿就成，这样的写作速度是惊人的，但是也难免粗糙，类似楔子、提点之类的连接头尾的结构在王朔小说中很少见，而且王朔也没有修改作品的习惯，他称自己为"才子型的作家"①。因此在王朔小说（除了前期的侦探小说）中，很少看见前文和后文有非常严密的结构上的勾连，特别是像《顽主》《你不是一个俗人》这样大篇幅都是对话的故事，基本都是话赶话，确定了人物的性格和类型之后，人物本身就有了逻辑，作者也就没有时间再严密小说的结构了。

另一种预叙比较特殊，与某些理论家认为科幻文学虽然发生在将来但是话语时间竟还发生在未来之前的观点相左，笔者认为虽然科幻文学的事件发生在将来，话语时间却是现在，并不是虚构的未来的某个点，同样它也不属于作者的写作时间，因为对于一部小说的构思是从很早以前就开始的。王朔在《看上去很美》的自序中说，他一直在脑子里酝酿这部小说，一直在用他的脑细胞写作，具体的起始时间可以追溯到二十年前，所以如果将作者落笔那一刻的时间算作"叙述现在"②也是不确切的。他认为科幻文学的话语时间发生在将来之后的观点是将叙述者看作将来之人，将叙述之事看作将来之人的倒叙，这样固然可以将所有的叙述都归于倒叙，解决了判断叙述之现在到底在哪的问题，但是却简单化了对话语时间的探讨。叙述现在到底在哪，应该根据作品的题材，当时科学、文学的发展程度，文本的故事时间等等复杂的因素来确定。

相对来说，比较容易确定叙述现在的是文本中有时间提示的小说，如提到 20 世纪 70 年代的《动物凶猛》，提到 20 世纪 80 年

① 王朔，等. 我是王朔. 北京：国际文化出版公司，1992：54.
② 该词意为当下这一刻的叙事时间。

代后期的《许爷》，乔治·奥威尔的《1984》、王小波的《2020》等等，这些带有时间提示的小说一看便知叙述现在的位置。有些小说没有出现明显的时间提示，却出现了机器人、太空战争等要素，也可以比较容易地确认叙述现在。比如在《谁比谁傻多少》里，南希就是一个"人工智能秘书"，是一个机器人，这一点其实已经可以说明《谁比谁傻多少》在话语时间上采用的是预叙的方法，从话语时间和故事时间的关系来看，话语时间是在故事时间之前的。

除了前两种时间序列，热奈特认为还有第三种可能，即"无时性"甚至"反时性"。他允许故事时间和话语时间之间不存在时间逻辑，或存在反时间逻辑。上一节的"反故事"叙事模式中，我们已经讨论过"反故事"小说的情况，这些小说一般都以因果逆转或是无因无果的情况出现，从时间顺序上来说，故事的原因一般都发生在结果之前，所以和现代小说的"反故事"模式相似，现代小说在时间顺序上也出现了一定程度上的逆逻辑或无逻辑。在《玩的就是心跳》中，当主人公从高洋口中得知真相后，他又去了当年的旅馆，开了当年住的房间，在房间里开始回忆，从第十三天倒着回忆至与高晋等人初遇的时候。与其他小说不同的是，这篇小说是从时间轴上离现在最近的那一刻开始回忆的，慢慢往比较远的地方推。从时间轴上看，话语时间是从左向右发展，故事时间是从右向左回溯，两种时间的方向是相反的。这是一例比较明显的故事和话语之间"无时性"的例子。

（二）错位的时长

从字面意义上理解，时长就是时间的长度。由于小说存在两种时间，即话语时间和故事时间，所以小说就有两种时间长度，一种是读者读完故事所花费的时间，一种是故事本身持续的时间，因此叙事学意义上的时长就是指这两种时长之间的关系。时长有五种基本关系：概述、省略、场景描写、拉伸和停顿。接下来笔者将一一介绍这五种关系在王朔小说中的表现。

概述的话语时间的长度短于故事时间的长度，最简单的如"三天过去了""第二年的冬天之后"等等，读完这类话只需要几秒钟，而故事时间却已经过了三天和一年。王朔的《致女儿书》中对人的起源的叙述就更加简略了：

> 最早都是人不人鬼不鬼，披头散发坐在树梢上，喝西北风，一年四季吃水果。
>
> ……
>
> 一方是几百年熬上来的奴隶，一方是万劫不复的主子，这是咱们爷爷这一血脉的两条来路。[①]

王朔只用了十三页就把人类的起源到自家祖辈的来历交代了，从茹毛饮血到用火煮熟食，再到中国这个大地上第一批猿人的汇合，再到汉朝、中华人民共和国的成立。从故事时间上说，这一段时间几乎跨越了上百万年，但在小说中却只有短短的十三页，这里的故事时间明显被缩短了。概述的主要功能就是加快叙述速度，而比较极端的省略更是为了加快叙述速度。

省略是话语时长为零的情况，话语停止了，故事时间却还在持续。如《浮出海面》里石岜晚上去酒吧喝酒，接下来忽然接上了一段：

> 我在外面躲了那个女朋友一上午，中午回到家，正碰上老纪他们带来几个舞蹈学院的女孩坐在客厅里山呼海啸地神吹……[②]

[①] 王朔.致女儿书.北京：北京十月文艺出版社，2016：5-17.
[②] 王朔.一半是火焰 一半是海水.北京：北京十月文艺出版社，2016：63.

从前一天晚上在酒吧喝酒，到第二天中午碰见老纪他们，中间跨越了好几个小时，这几个小时里主人公做了什么都被省略掉了。无论是使用概述还是省略，都是为了加快叙事速度，把无关的事情略写，这种叙事手法在传统小说中也经常出现，像"自此一夜无话""不知觉间鸡已经叫了三遍了"等等。然而，特大幅度和突如其来的省略是现代叙事的特征。一方面，现代叙事往往更喜欢使用省略而不是概述，英国现代主义作家弗吉尼亚·伍尔夫就认为，现代小说确实有用省略代替概述的倾向，这样故事就被分成了一个个场景，对这些必须由读者自行填充的省略，使得现代小说的叙事方法更加靠近电影叙事。另一方面，概述的取消有助于表现现代都市经验的突然性与速度感。

场景描写把戏剧的原则纳入叙事中。在这种情况中，故事与话语有相对等同的时长。场景描写有两个常见成分，一是对话，二是较短时长内显现的身体动作。把对话和身体动作表演出来所花费的时间不长于叙述所花费的时间。对话就是直接引语，直接引语一般被认为是话语时间等于故事时间的一种转述语，王朔小说里的对话非常多，而且王朔的语言特色在对话里表现得最多，像《你不是一个俗人》《顽主》《一点正经没有》和《编辑部的故事》，几乎都是由对话组成的，背景描写和人物描写所占的比例很少。这种几乎由对话组成的小说就像马戏团的杂技演员抛球一样，一抛一接一回，再抛再接再回，颇有"嘈嘈切切错杂弹，大珠小珠落玉盘"的意味。这种场景描写里表现出的是王朔"侃"的语言风格，胡侃半天，什么有用的也没说到，这特别容易给人留下一种"油滑"的消极印象。如《顽主》中：

"其实我是心里对你好，嘴上不说。"
"你最好还是心里对我不好，嘴上说。"
"现在不是提倡默默地奉献吗？"马青的样子就像被武林

高手攥住了裤裆，"你生起气来真好看。"

"好啦好啦，到此为止吧，别再折磨你了。"少妇笑得直打嗝地说，"真为难你了。"

"难为我没什么，只要您满意。"

"满意满意。"少妇拿出钱包给马青钞票，"整治我丈夫也没这么有意思，下回有事还找你。"①

场景描写在传统小说中一般都和概述一起出现，二者的交替出现可以让小说呈现出一种快慢的节奏变化。但是，王朔的这类小说中没有这种节奏的变化。长篇的对话组成的小说即使是妙语连珠也会让人感到厌烦，而且中国文学古来追求言下之意、大音希声这类艺术效果，所以书中人物的语言就不能太多，要留出空白给读者品味和想象。王朔的这类小说几乎不给读者留时间去品味和想象，每时每刻都在"侃"，言下之意被"取消"了，或者说根本没有言下之意，叙述者这时候只需要做一个忠实的对话记录者，不对任何人或事发表任何意见。

其实，与其说叙述者是一个对话记录者，不如说叙述者隐藏到了幕后。于观、马青、杨重，或是李东宝、戈玲、于德利，看似是这些人物在发声，其实是叙述者藏在人物之后发声，所以这些人物虽然面孔不同，其实共用一个思想。读者在阅读这些小说时，就像进入了一场谈话，和故事发生的每一分每一秒同时存在。小说的进程一直很慢，没有可以给读者休息或者略过的地方，同样也没有给叙述者休息的地方。因此，场景描写在王朔的小说中占有特别重要的地位，这是王朔语言发挥最出彩的地方，并且王朔小说中大部分语言特色都来自场景描写。

接下来要介绍的两种情况都是话语时间长于故事时间的，其中第二种情况是故事时间为零的特殊情况，我们把前者叫作拉伸，

---

① 王朔.顽主.北京:北京十月文艺出版社,2016:9.

后者叫作停顿。拉伸是话语时间长于故事时间的情况，相当于电影里的慢镜头，好莱坞大片里经常有高楼大厦被炸毁之后四处崩塌的慢镜头。文学上，特别是武侠小说里，经常有大师要出招时或是甩暗器时的拉伸描写，甩暗器往往只是一瞬间的事情，但是为了突出暗器的厉害和独特，叙述者常常以长于发暗器的时间来描写它。在《千万别把我当人》中也有类似的功夫：

> 元凤端出一盆洗脸水，老头子接过去，吼了一声："看这个！"
>
> 兜头朝元豹泼去。一股银浪化作万点晶莹纷纷扬扬反弹出来，整整齐齐洒出一个圆圈，那叫均匀，围着的人不多不少每人都沾了一头雨露。
>
> 再看元豹，稳稳地站在圆心，周身上下没有一点水星儿，干干净净。[1]

一盆水从泼出去到落地只需要短短的几秒钟，叙述者却花了这么多笔墨，一方面是想突出唐元豹的武功很高，另一方面，这是整本书中唐元豹第一次也是最后一次显出武功。叙述者故意将唐元豹的第一次武功亮相写得很突出，后文中再也没出现过这样高超的武功了。固然"全总"是一个骗饭组织，但唐元豹也确实不是什么"大梦拳"的传人，他的武功也就只能把一棵枣树打成"不孕不育"了。其实，这就是小孩子打的"王八拳"。叙述者将"王八拳"写成如此高超的武功，其中不乏反讽的意味。

停顿则完全由话语时间构成，一般表现为叙述者忽然插入的一段评论或是一段描写，这种评论和描写会暂时中断故事，却会作为对故事的补充而存在。如《动物凶猛》中：

---

[1] 王朔. 千万别把我当人. 北京：北京十月文艺出版社，2016：27-28.

> 那时我十五岁，在一所离家很远的中学读初三……
>
> 我感激我所处的那个年代，在那个年代学生获得了空前的解放，不必学习那些后来注定要忘掉的无用的知识。我很同情现在的学生，他们即便认识到他们是在浪费青春也无计可施。我至今坚持认为人们之所以强迫年轻人读书并以光明的前途诱惑他们，仅仅是为了不让他们到街头闹事。
>
> 那时我只是为了不过分丢脸才上上课。①

在头尾两段之间，叙述者忽然跳出来对自己的青春岁月做了一番追忆和评论，在此时故事时间是静止的，只有叙述者的话语时间还在往前发展。叙述者在这里插入一段发自内心的评论，是为了无限拉长故事之外的时间，突出可以表达人物内心思想的内部时间。这一方面是为了吸引读者，引起读者的共鸣，另一方面也表达了对现行教育体制的反讽。

（三）多重的叙述频率

频率是叙述时间性的主要方面之一，它对应的是时间的"重复"功能，这种功能严格来说是不可靠的，因为人有悲欢离合，月有阴晴圆缺，不仅人类的悲欢并不相同，而且虽然每个月都有阴晴圆缺，但永远不是上一个阴晴圆缺。因此，这种"重复"其实是叙述者取消了每一个时间中的不同点，而以所有时间中事件的相似点来去异存同。

小说中的频率有四种情况：第一种情况是一次讲述发生过一次的事，即单一叙事；第二种情况是多次讲述发生过多次的事，即复合单一叙事；第三种情况是多次讲述只发生过一次的事；第四种情况是一次讲述多次发生的事。王朔小说中出现最多的是第一

---

① 王朔.动物凶猛.北京：北京十月文艺出版社，2016：70.

和第二种情况，故本书中仅分析这两种情况。

显然，第一种情况，即单一叙事，是所有小说叙事中的基础，如《永失我爱》中：

> 那天，报纸电视台都预报是风力二三级的晴天，但当我们聚集到建筑工地的空场上时，天瞬间阴了下来……①

这段叙述里只描写了"那天"发生的一件事，这种话语时间和故事时间出现的次数为1：1的情况就被称为单一叙事。单一叙事被视作极为正常的叙事，但是单一叙事也有其特殊地方，例如为什么单一叙事是小说里用得最普遍的叙事？什么样的事件适合用单一叙事？这里可以尝试性地给出解答。一般来说，要将一件事情说清楚，那么最好一次只说一件事，也就是保证叙述主线的清晰。一次只说一件事说明这件事情和以后发生的事情都不一样，是对特别选出的一个场景来进行细致的、有代表性的描写。在上文提到的"那天"里，何雷和董延平、齐永生一起赛车，董延平就流露出对石静的爱慕之情，何雷也表现出宽容大度的性格。

这一场景描写其实对后文的情节是有很大的暗示的，最后何雷牺牲自己成全了董延平和石静，这种转折之所以不让人觉得突兀，是因为前文的铺垫起了很大的作用。因此，当一本小说贯穿了一段很长的时间，或是覆盖了某个人的一生的时候，无论是短篇小说还是长篇小说，其篇幅都是不够的，所以就会出现大量的缩写，而单一叙事这时候就显得极为重要。叙述者必须选取具有代表性的事件来进行单一叙事，该事件必须十分特别，能够表现人物的个性、主要情节的走向等等。所以，单一叙事正常但不平常，单一却不单调。

---

① 王朔.过把瘾就死.北京：北京十月文艺出版社，2016：3.

第二种情况是复合单一叙事。这种叙事类型在文本中比较少见，复合单一叙事其实也有四种子类型。其一，叙述的次数和故事的次数一样多，如"星期一，他睡得很晚；星期二，他睡得很晚；星期三，他睡得很晚"。其二，叙述的次数大于 1 但少于故事发生的次数。其三，故事发生的次数大于 1 但少于叙述的次数。但是，基本上叙述的次数和故事的次数是相等的，因为故事的发生需要叙述者叙述出来才能被读者知道，所以后两种情况基本找不到实际的例子。这和上一节中的重复叙事颇有相似的地方。

诚如上一节说到的，"反故事"模式最主要的作用是打破情节逻辑中的因果律。而从叙事频率的角度来看，这种重复叙事是建立在话语时间多次描述只发生过一次的事件上的，如上文提到过的《各执一词》中，叙述者通过十个不同的人物，从十个视角对李飞飞和周丕丽那天晚上发生的事情进行叙述，事实上，李飞飞和周丕丽的故事只发生了一次，却被叙述了十次，虽然每次叙述略有差别，但是故事的核心却没有改变。这种叙事频率能够体现出案情的复杂和真相的难以追寻，更重要的是揭露出李飞飞之死的真正原因：每个人都是凶手，无论是她的父母还是学校的老师，或是派出所的民警和联防队长，成年人的集体阴暗和不容忍造成了李飞飞的溺亡。

其四指一次讲述多次发生的事情，如"这周的每一天他都起得很早""每一天他都坚持跑步"等等。这种情况类似于缩写，保留了每一天内的一个共同点，这种情况在小说中也比较常见。如《动物凶猛》中对"我"迷恋上溜门撬锁的叙述：

> 我常去光顾的学校前的那片楼区大都居住着国家机关的一般干部，家里多是公家发的木制家具，连沙发都难得一见。……
>
> 有几次我甚至躺在陌生人家的床上睡着了，直到中午下

班，楼道里响起人语和脚步声才匆匆离去。①

这里的"我常""有几次"是对主人公短暂的溜门撬锁生涯的集中叙述，主人公在"被迫陷入和自己的志趣相冲突的庸碌无为的生活中"②后，迷上了这种溜门撬锁的恶习。叙述者认为没有必要对每一次经历都详加叙述，原因如下：首先是因为次数够多；其次是因为每次的经历大都相同，相同的卧室、相同的家具，没有什么描写的必要，但是这从另一个侧面说明那时国家机关的干部都相对清贫；最后是为了突出主人公见到米兰照片的那一次经历。在这种溜门撬锁的生涯中，主人公曾着重表达过自己对用钥匙开锁的迷恋："锁舌跳开'嗒'地一声，那一瞬间带给我无限欢欣"③，因此这里最值得注意的还是钥匙和锁的隐喻。文本的第一层表达出了主人公的年少顽劣，第二层却表达出了人性中存在的窥私癖和关于钥匙（男人）和锁（女人）的隐喻。第二层的意思也正好暗合了书名《动物凶猛》体现出的动物冲动的本性。因此，这是一个概述，也是一次强调。

本节从叙事时间上对王朔小说进行了分析和梳理。从时序上看，倒叙和预叙是小说中非常重要的两种叙述方式，在王朔小说中都得以出现，本节还重点分析了预叙的重要性和存在理由。从时长上看，话语时间和故事时间的关系比较复杂，五种不同的时长关系能够产生不同的艺术效果，需要通过具体的文本具体分析。王朔小说以场景描写见长，王朔以他独特的口语化书写对他认为扭曲的事情进行了无情的嘲讽，并且人物之间的对话妙语连珠、富于调侃意味，在嬉笑怒骂之间完成了对"顽主"群像和知识分子群像的塑造。以往的研究者们对频率的研究比较少，叙事频率也

---

① 王朔. 动物凶猛. 北京：北京十月文艺出版社，2016：72.
② 王朔. 动物凶猛. 北京：北京十月文艺出版社，2016：71.
③ 王朔. 动物凶猛. 北京：北京十月文艺出版社，2016：71.

常常被人忽略，但是从重复和缩写的功能来看，叙事频率很大程度上影响着文本叙事的节奏，王朔在创作小说时也不自觉地融入了这一点，使叙事节奏加快或减慢。但叙事时间的三种要素不是相互独立的，而是相互重合的，即一段文本在时序上可以是倒叙的，同时在时长关系上可以是场景描写的，甚至在叙述频率上可以是单一叙事的。所以，任何一段文本在叙事时间上都是一个复杂的综合体。

第三章

王朔小说的话语反讽

第一节　王朔小说的视角反讽

　　20世纪小说叙事研究中最集中的话题是关于视角的争论，术语的混用给这方面的研究带来了很大的困难。首先，本书使用"视角"这一术语来指代这一类型的研究，取"视觉角度"的含义，因为"角"字本身就带有限制范围之意，所以"视角"也就表示有限的视野，这样更贴近视觉"投影"的本初意义。其次，关于"视角"的分类也芜杂不清，不同的叙事学家对视角有不同的分类，这些不同的分类法同样也给视角研究带来了困难。

　　视角到底应该怎样分类？我们先来看看国内叙事学家对此的划分。依照赵毅衡的分类法，叙述视角共有八种，其中隐身叙述者（第三人称）四种，显身叙述者（第一人称）四种[1]，虽详细却过于复杂。依照申丹的分类法（即本书采用的分类法），叙述视角共有四种：（1）零聚焦或无限制型视角（即传统的全知叙事或全知视角）；（2）内视角；（3）第一人称外视角；（4）第三人称外视角。这四种视角可以共存于同一个文本中，甚至是一句话中。[2]

　　最后，许多叙事学家其实并没意识到视角受两个方面因素的影响最大。熟知叙事文本结构的人都应该知道，它是由隐含作者、叙述者、受述者和隐含读者组成的，其中叙述者和视角的关系最为密切，因为视角相当于一个"投影"，叙述者和人物是"投影"的施视者。叙述声音是专属于叙述者的声音（包括叙述者的语言、

---

①　赵毅衡. 当说者被说的时候：比较叙述学导论. 成都：四川文艺出版社，2013：151.

②　申丹. 叙述学与小说文体学研究. 北京：北京大学出版社，2019.

意识形态等），叙述眼光却可以分为叙述者的眼光和人物的眼光，视角的总体意义是叙述声音和叙述眼光的结合。例如，"很多人经过我的床边，对我做出种种举动，都被我忘了，只认识并记住了陈南燕的脸"①，这句话中叙述眼光是人物方枪枪的，叙述声音却是叙述者的，因为一个躺在床上的婴儿不可能说出这样一段话。而王朔之所以要在小说中使用各种不同的视角，是因为他想在视角的变换中突出他想赋予小说的反讽意味。在厘清了本节的理论背景之后，接下来我们将对王朔小说及其表现出来的反讽特色做一番研究和分析。

（一）场景式视角反讽

诚如赵毅衡所说，叙述角度问题其实是一个叙述者自我限制的问题，中国传统小说中使用得最多的是全知视角，即叙述者掌握一切，包括所有的情节和人物。②王朔小说中全知视角最明显的是《我是你爸爸》，这是王朔所有小说中最没有特色的一部，但却是外界接受程度最高的一部。究其原因，除了王朔在这部小说中模仿了新写实小说的零度叙事③之外，全知视角的运用也使得一般读者更容易接受，如：

> 马锐对此似乎有些吃惊，他好像不太习惯父亲的这种亲热，或者是这种被比自己高一头的人搂着走的姿势确实别扭，他被父亲搂着走了几步后就小心翼翼但十分坚决地挣脱开了。④

① 王朔.看上去很美.北京：北京十月文艺出版社，2016：1.
② 赵毅衡.当说者被说的时候：比较叙述学导论.成都：四川文艺出版社，2013：151.
③ 零度叙事，或零度写作，是新写实小说最突出的特征之一，它指"极力回避主观介入叙述对象，抑制对所描写人物和事件做出直露评价"。详见：王庆生，王又平.中国当代文学史.北京：高等教育出版社，2016：218.
④ 王朔.我是你爸爸.北京：北京十月文艺出版社，2016：64.

这一段描写中，叙述者是以一个全知者的角度来观察的，他知道任何事，包括人物的心理活动，如马锐的心理活动（"吃惊""不太习惯""小心翼翼但十分坚决"），同时也知道马林生的心理活动：

> 很快他就是个大人了，马林生充满温馨地想。他觉得自己的决定是正确的，也是及时的。他对自己明智以及作出抉择的毅然决然很满意，算不算是高瞻远瞩呢？他感到自己充满磅礴的力量。①

叙述者在同一页中分别进入了两位人物的内心，整个文本对叙述者来说是没有秘密的，他既可以知道马林生不在场时马锐的所有活动，也可以知道马锐不在场时马林生的所有活动。这就是全知视角。全知的叙述者透视了两位主人公的内心之后，读者可以感觉到这对父子之间其实并没有互相理解，甚至有些针锋相对。这其实是对以马林生为代表的中年家长的一次反讽。全知视角是读者读起来最舒服的一种视角，叙述者不给读者设悬念、埋暗线，把故事中所有人物的所有心思都开诚布公地展现出来，不仅叙述者能够对自己笔下的人物和情节有非常精准的把握，而且能使读者不必去猜测、揣摩人物的思想，大大降低了阅读的难度。

但是王朔小说中像这样的全知视角非常少，除了《我是你爸爸》《千万别拿我当人》之外，几乎难以在他的其他小说中找到传统的全知视角的例子。王朔小说中的全知视角是以另一种形式存在的，笔者暂且把它称为"场景式视角"。热奈特将"距离"和"投影"看作两种调节叙述信息输出的手段，其中"距离"指叙述者和人物之间的距离，这一问题会在后一节中详细谈到，"投影"指视角。叙述距离则与转述语密切相关，而场景作为叙事距离中的一

---

① 王朔. 我是你爸爸. 北京：北京十月文艺出版社，2016：64-65.

种类型，又常常以对话也就是直接引语为例子，所以场景式视角在这里是指以对话场景为主要观察对象的视角。

分析了传统的全知视角反讽之后，我们可以对场景式视角反讽做一番解释。王朔小说最重要的特征是他的语言特色，尤其是他在场景叙事中所使用的语言。王朔的部分小说中，几乎没有对事情的评论，也没有人物心理描写，对外在景物的描写也没有特别之处，对事物的观察也就仅仅是最客观的观察，如《浮出海面》中：

> 这座殖民时代建造起来的城市，街道两旁都是陈旧的异国情调的洋房别墅，寂寥静谧的花园草坪。迎面走来的年轻人都很时髦，穿着各式便宜漂亮的舶来品。①

这段话按道理来说没有什么误差，但是考虑到石岜是在被于晶拒绝之后才去旅游的，按情理说石岜的心情应该是很灰暗的，如此客观冷静的观察角度可能只有叙述者才有。这不得不说是王朔小说在技法上的缺陷之一，即环境描写没法和人物或情节相匹配，显得生硬突兀。在这一类的小说中，人物之间的对话占了很大一部分，在《你不是一个俗人》《顽主》《一点正经没有》这几篇小说中几乎全都是对话，叙述从一个对话场景直接跳到另一个对话场景，仿佛没有视角可以分析。但是，仔细研究之后可以发现，依旧是有视角可供分析的。这种视角就是对话实录视角②。这种视角似乎和第三人称外视角很相似，与第一人称外视角也没什么区别，但其实是有区别的。对话实录视角将叙述者置于一个对话的旁观者的位置，对小说中人物的对话进行实录，这种实录光靠视

---

① 王朔.一半是火焰　一半是海水.北京：北京十月文艺出版社，2016：80.
② 对话实录视角是场景式视角的一种特殊情况，它完全由对话组成，在问答抛接中完成人物思想的传达。

觉还不行，还要靠听觉和强大的大脑记忆能力。表面上叙述者永远作为旁观者，无法进入人物的内心世界，实际上对话（直接引语）的大量使用已经完全表达出了人物的思想，如《顽主》中：

> 马青兴冲冲地走到了前面，对行人晃着拳头叫唤着："谁他妈敢惹我？谁他妈敢惹我？"
>
> 一个五大三粗、穿着工作服的汉子走近他，低声说："我敢惹你。"
>
> 马青愣了一下，打量了一下这个铁塔般的小伙子，四顾地说：
>
> "那他妈谁敢惹咱俩？"①

这一段如果改写成马青的心理活动也丝毫不差：马青心里想着"我是流氓我怕谁，大街上这群怂货没一个敢惹我，谁敢回瞪我一眼，我就要谁眼眶开花"，"我去，怎么来了个不怕事的主，打应该打不过，弄不好还要吃亏，只能智取"。这两句话完全可以表现出人物的想法而不必假借过多的描写，我们依旧可以从这种场景式视角中进入人物和叙述者的内心，王朔在这里表达的就是对马青这种欺软怕硬的社会青年的反讽。因此，这就不仅仅只属于第三人称外视角或第一人称外视角，外视角只是叙述者创造出来的一种假象，实际上场景式视角同时具备内视角和外视角，是另一种形式的全知视角。

这样看，场景式视角具有两个非常重要的特征：其一为外视角化的视角，其二为直接引语式的内视角化视角。读王朔这一类的小说，读者似乎是坐在电视机屏幕或者电影院银幕前，看着书中的人物说出一串串妙趣横生的对话来，像《谁比谁傻多少》《懵然无知》《修改后发表》等被改编成电视剧，《你不是一个俗人》

---

① 王朔.顽主.北京：北京十月文艺出版社，2016：65.

《顽主》等被拍成电影后，读者的身份虽然转变成了观众，但视角并没有发生变化，这也是王朔小说的特色之一，即文本视角和影视剧视角的通用。

还有一种文本可以说明在王朔小说的场景式视角中，第一人称和第三人称几乎没有任何区别。在《和我们的女儿谈话》这篇小说里，叙述者先是自称第一人称"我"，后来忽然就变成了第三人称"老王"：

> 咪咪方：你现在打开书，他就在第一页，在你的书里。你的记忆能保持多久……
> 我：能记住到——合上。
>
> 咪咪方：能在你们家乱翻翻吗？
> 老王：为什么？ ①

第一人称转换成第三人称来得毫无预兆，但是一点也不影响阅读。王朔这样做可能是为了让这篇小说更加客观，同时也不愿意让读者拿着这本书和《致女儿书》相类比。这篇小说看上去和《致女儿书》《看上去很美》有千丝万缕的联系，但却是另外一个故事，王朔正是想通过视角的转换来摆脱书中总是存在的自我反讽倾向，因此他更愿意用第三人称来写作。

场景式视角通过场景中的语言带来反讽效果，其中叙述眼光起着很重要的作用。例如前文中王朔对马青在街上冲人嚷嚷、欺软怕硬的个性的描写："晃着拳头叫唤"显示出马青的气焰嚣张；"四顾地"说明马青色厉内荏，看上去是个英雄，实际上是个草包。在这处引语中，叙述声音也起了很大的作用，由叙述者和人物共同掌握，人物对这处引语的控制力度还要更大一些。表面上

---

① 王朔. 和我们的女儿谈话. 北京：北京十月文艺出版社，2016：23.

马青叫嚣不停，还有点小聪明，实际上叙述者就是通过这种独特的视角描写，对马青这类欺软怕硬的小痞子进行反讽，反讽他们嘴上说自己是个英雄，实际上却是懦弱的人。

（二）孩子式视角反讽

孩子式视角也经常被作家们使用，比如方方的《风景》就是从一个早夭的孩子的视角来结构整本小说，杰罗姆·大卫·塞林格的《麦田里的守望者》以中学生霍尔顿·考尔菲德的视角和语言来叙述故事，这些小说都得到了读者的欢迎。王朔小说中运用类似视角的有《看上去很美》和《动物凶猛》，其中《看上去很美》的视角是年龄更小的幼儿的视角，《动物凶猛》的主人公是一个面临青春期叛逆的中学生。从主人公的年龄上说，从《看上去很美》到《动物凶猛》是从小到大的；从对视角的运用技巧上说，二者都是倒叙的。然而《看上去很美》对孩子式视角的运用明显比《动物凶猛》的第一人称回忆性视角成熟得多，实际上二者都是通过对孩子式视角的运用，表达出对成年人世界的反讽，他用孩子的天真、可爱与成年人的暴躁、丑恶作对比。

《动物凶猛》中，"我"是一个三十岁左右的成年人，某一天在机场见到了一个长着狐狸般娇媚面孔的女人，这引起了"我"的回忆，故事就从"我"十五岁的时候开始进行回忆。《动物凶猛》的视角奇特就奇特在那是一种独一无二的视角，叙述者叙述的年代在中国当代文学史上也是非常特殊的，在那个年代，一些中学生对自己的未来有这样一种看法：

> 那时我只是为了不过分丢脸才上上课。我一点不担心自己的前程，这前程已经决定：中学毕业后我将入伍，在军队中当一名四个兜的排级军官，这就是我的全部梦想。我一点不想最

终晋升到一个高级职务上，因为在当时的我看来，那些占据高级职务的老人们是会永生的。

一切都无须争取，我只要等待，十八岁时自然会轮到我。①

上课无用，因此不用上课，是现在部分学生难以想象的。那时候的老师都战战兢兢、自顾不暇，学生的地位被空前地提高了，特别是像叙述者这样有部队家庭背景的中学生。所以，在他们眼里，学习是最不重要的事情，老师和知识分子是最不需要尊重的人。在《阳光灿烂的日子》里有一个镜头让人记忆尤深，胡老师站在讲台上上课，忽然两位学生你追我赶地从教室外冲进来，又从教室的窗户爬出去，而胡老师却无力阻止，这一幕揭示了当时恶劣的校园环境。作为新北京城拥有"特权"的一分子，"大院"子弟受"文革"的波及不深，高中毕业之后就可以顺理成章地走上当时最光荣的从军之路，所以马小军他们肆无忌惮地在街上斗殴、游荡。于北蓓和米兰也是出于这个原因才跟这伙人走得如此之近，她们的家庭背景让她们没有机会参军，只能去工厂和农场工作：

我想说她轻浮、贱，又觉得这么说太重了，弄不好会把她得罪了，转而问：

"高晋都跟你聊什么了？"

"没聊什么，就说我想当兵他可以帮我。"

"我怎么不知道你想当兵？你从没跟我说过。怎么头一次见他倒跟他说了？熟得够快的。"②

在这群"大院"子弟看来，部队是很神圣的，他们认为只有他们这些一心想和国外敌对势力开战的人才配得上部队的荣誉。他们甚至认为：我仅对世界人民的解放负有不可推卸的责任。多么

---

① 王朔. 动物凶猛. 北京：北京十月文艺出版社，2016：70.
② 王朔. 动物凶猛. 北京：北京十月文艺出版社，2016：120.

幼稚又可爱的思想，打仗必然有伤亡，他们只看到了归来的英雄，没看见留在战场上的累累白骨。

《动物凶猛》里中学生的视角中还有一种东西是值得注意的，那就是他们对于性的看法。十五岁正是青春萌动的时候，这个年龄的孩子不管是生理上还是心理上都会对异性产生浓厚的兴趣。其实在《动物凶猛》的开头，主人公迷上钥匙然后去溜门撬锁，也是抱着窥探别人隐私的想法，钥匙与锁的关系也是一个隐喻，象征着男人和女人的关系，如：

> 从这一活动中我获得了有力的证据，足以推翻一条近似真理的民谚：一把钥匙开一把锁。实际上，有些钥匙可以开不少的锁，如果加上耐心和灵巧甚至可以开无穷的锁——比如"万能钥匙"。①

这段话表层意义上说的是钥匙和锁的关系，实际上说的是男人和女人的关系，原本是一个男人配一个女人，但是有那么一种男人，他可以诱惑到很多的女人。叙述者隐晦地描绘出当时中学生内心对性的看法的混乱。这与主人公接触的人群不无关系，高晋、高洋、于北蓓、米兰这一群人，男生以打架为战绩，女生则随便和男生亲嘴、刷夜，这一切都印在这位十五岁少年的眼睛里，影响了他的爱情观。故事的最后，主人公终于对于北蓓下手了：

> 我动手深入，总不得要领。
> "真笨。"她说了一句，伸手到背后解开搭扣，又继续睡去。
> 我鼓捣半天，终于把她捣鼓得睡不成了，睁眼翻身对我说："你真烦人。"

---

① 王朔.动物凶猛.北京：北京十月文艺出版社，2016：71.

我要做进一步努力，她正色道："这可不行，你才多大就想干这个。"①

　　原来的主人公是很羞涩腼腆的，被随便亲了一口都要忐忑半天，但是受周边的环境影响，终于还是堕入了欲望的深渊。青春萌动时的压抑和不良少年的影响让主人公形成了一种扭曲的性爱观，对女性的身体和所谓的爱情抱有一种轻蔑的态度，这种态度是王朔对他们那个年代爱情观的反讽，流露出一种对 20 世纪 50 年代粗暴爱情观的反思。

　　《看上去很美》里的孩子式视角的特色主要体现在孩子对父母的看法、第一人称和第三人称混用，以及妖魔化的想象上。孩子的视角本身就带有独特性，因为他们未能完全了解世界，同时又拥有丰富的想象力，往往会把成人世界里的事件妖魔化、幻想化。以魔幻现实主义手法为代表的非洲作家本·奥克瑞在小说《饥饿的路》中以孩子的视角来观察这个世界，发现这个世界充满了奇妙瑰丽的鬼魂和妖怪。在孩子眼里，这个世界是不一样的。先是对于父母的印象，由于年代的特殊原因，《看上去很美》的主人公方枪枪从小生活在保育院里，保育院对幼儿的管理办法是"自我管理"，即大的管小的，父母在他们的记忆里几乎没有出现过：

至于"妈妈"一词，知道是生自己的人，但感受上觉得是个人人都有的远房亲戚。"母亲"一词就更不知所指了。看了太多回忆母亲的文章，以为凡是母亲都是死了很多年的老保姆。至今，我听到有人高唱歌颂母亲的小调都会上半身一阵阵起鸡皮疙瘩。②

---

① 王朔.动物凶猛.北京：北京十月文艺出版社，2016：152.
② 王朔.看上去很美.北京：北京十月文艺出版社，2016：4.

叙述者不仅直露地写出小时候对母亲的印象，为了强调对母亲的感情淡薄，还特地表达了现在对母亲的感觉，来加强读者在阅读中的感受。在保育院长大的孩子混编成的班被其他孩子叫作"俘虏班"，因为家里没有大人和大兄姊，所以他们从小学一年级到四年级还住在保育院里，和父母长时间的分隔不仅培养了他们独立的精神，同时也助长了他们冷漠的亲情观念。他们甚至怀疑："人际关系中真的有天然存在，任什么也改变不了的情感吗？"①在相当于是王朔自传的《致女儿书》里，王朔再一次公开表达了这种情感：

> 我不记得爱过自己的父母。……
>
> 很长时间，我不知道人是爸爸妈妈生的，以为是国家生的，有个工厂，专门生小孩，生下来放在保育院一起养着。
>
> ……
>
> 知道你小时候我为什么爱抱你爱亲你老是亲得你一脸口水？我怕你得皮肤饥渴症，得这病长大了的表现是冷漠和害羞，怕和人亲密接触，一挨着皮肤就不自然，尴尬，寒毛倒竖，心里喜欢的人亲一口，拉一下手，也脸红，下意识抗拒，转不好可能变成洁癖，再转不好就是性虐待——这只是一种说法。②

从《看上去很美》到《致女儿书》，从孩子式视角到自传视角，我们可以探究到一些王朔对亲情冷漠的童年原因：从小缺乏父母的陪伴，又生长在空前混乱的年代。从《看上去很美》《动物凶猛》，再到《空中小姐》《橡皮人》，童年积攒下的怨恨和孤独对他笔下的人物产生了很大的影响，他们不得不随波逐流，成为一个个街头的小流氓或者痞子。

---

① 王朔.看上去很美.北京：北京十月文艺出版社，2016：4.
② 王朔.致女儿书.北京：北京十月文艺出版社，2016：33-34.

　　王朔曾说"王安忆对我有一个写作上的启发"，是她《纪实与虚构》中的"人称角度，很奇特，当她用'孩子'这指谓讲故事时，有一种第一人称和第三人称同时存在的效果"。[①]这种孩子式视角其实不是第一人称和第三人称同时存在，而是内视角和第三人称外聚焦的结合，人物的眼光，即"我"所看到的景物是天真的、可爱的、可怕的、恐惧的，但是却通过叙述者的客观语言表达出来。《纪实与虚构》中有这样一段：

　　　　……母亲是孩子我A在这世界里，最方便找到的罪魁祸首，她是我简而又简的社会关系中的第一人，她往往成为孩子我B一切情感的对象物。孩子我C对母亲的心情就变得很复杂：是她生我到这一个熙熙攘攘的世界上来，也是她，把我隔绝在四堵墙壁之中，上下左右都没了往来。[②]

　　A、B和C都是主语"孩子我"，如果拆成"孩子"和"我"，那么一个是第三人称，一个是第一人称。若将第一句改写为"母亲是孩子在这世界里，最方便找到的罪魁祸首"，则表达的是叙述者从生活的高度层次上客观的观感，是一种普遍的共性；若改写为"母亲是我在这世界里，最方便找到的罪魁祸首"，则是个体对母子关系的观感，是一种独立的个性。两种观感运用到一段话里，视角兼顾了生活高度与人生个体，营造出一种通透的视角，既关注共性也关注个性。《看上去很美》显然也借用了这一视角：

　　　　方枪枪知道自己眼睛后面还有一双眼睛。他十分信任住在自己身体里的那个叫"我"的孩子。他认为这孩子比自己大，

---

① 王朔. 无知者无畏. 沈阳：春风文艺出版社，2000：171.
② 王安忆. 纪实与虚构. 北京：人民文学出版社，1993：14. 此处的"A""B""C"是笔者为分析方便自行添加的，后续类似情况不再重复说明。

因其来历不明显得神秘、见多识广。[①]

住在方枪枪身体里的那个"我"是"我"还是方枪枪？方枪枪闯祸他也挨揍，方枪枪睡觉他也休息，如果非要把"我"归于方枪枪的意识，把方枪枪仅仅归于行动的肉体，那也不对，肉体是不可能离开意识单独行动的。因此，王朔在这里利用了上文说到的一种通透的视角，这种视角既可以进入人物的内心进行第一人称叙述，又可以离开人物、退回文本的外部进行第三人称客观叙述。想要证明"我"是方枪枪的意识，而方枪枪是"我"的肉体的努力是没有意义的，因为王朔几乎是把这两个人称随意地变来变去，并没有在对人物内心进行叙述时就使用第一人称"我"，也没有在对人物动作进行叙述时就使用第三人称"方枪枪"。所以，王朔对小说技巧的追求不是他的最终目的，他要追求的是透过技巧表达出感性的认识，感性始终是王朔小说中最重要的内涵和推动力。

（三）越界视角反讽

视角本身就是叙述者的自我设限。当一个叙述者在使用某一种视角时感到单调，或者没办法达到自己反讽的目的时，他就会考虑更换另外一种视角，这与"横看成岭侧成峰，远近高低各不同"是一个意思。热奈特将这种情况称为"变音"，"变音"有两种情况：一为省叙，即提供的信息量比原则上的要少；一为赘叙，即提供的信息量比原则上的要多。事实上，省叙就是从全知视角变成限制性视角，赘叙就是从限制性视角变成全知视角。在一篇小说中，这种变化必须是暂时和突然的才能被视为"变音"，所以要研究视角的越界，我们必须先假设全文已经存在一个主体视角。

---

① 王朔.看上去很美.北京：北京十月文艺出版社，2016：125.

由于前文依据的是申丹对视角的分类，所以这里也沿用申丹的术语。

申丹以舍伍德·安德森的《鸡蛋》为例，她认为原本是以主人公儿子的第一人称视角叙述的《鸡蛋》在叙述主人公和乔·凯恩的场景时，从第一人称限制性视角侵入到了全知视角。[①]小说还对这一越界做了铺垫：

> 至于在楼下发生了什么，由于一些无法解释的原因，我了解事情的经过就好像目睹了父亲的失败。[②]

然后安德森就开始了全知视角的描写。《鸡蛋》中视角越界的标志还比较明显，显然作者是意识到自己写作视角的转变的，但在王朔的小说中，这种越界通常来得猝不及防：

> 顷刻间，老院长已经像尊广场上落满鸽子的名人雕像，小半班孩子都猴在他身上双脚离地嗷嗷乱叫，一百多只爪子掏进中山装所有的四只口袋。雕像蹒跚地孔雀开屏一般转动扇面。此人参加革命前一定是码头扛大包的。李阿姨想。老院长给孩子们讲了个号称安徒生的大鱼吃小鱼的故事。李阿姨闻所未闻，认为纯粹是胡扯。[③]

通过前文的分析可以得知，《看上去很美》采用了一种通透的主体视角，即内视角和第三人称外视角的结合，因此对于小说中其他人物的视角和心理活动，叙述者应该是不知道的。然而，上面引用的这段话发生在主人公方枪枪离院出走回家之后，主人公视角都不存在，这完全是从保育院李阿姨的视角看到的情景，不

---

① 申丹. 叙述学与小说文体学研究. 北京：北京大学出版社，2019：257.
② 安德森. 舍伍德·安德森短篇小说选. 方智敏，译. 北京：中央编译出版社，2012：19.
③ 王朔. 看上去很美. 北京：北京十月文艺出版社，2016：25.

仅如此，叙述者还进入了李阿姨的内心，直接写出了她的所思所想。这里，全知视角就直接侵入了主体视角。那么这个越界视角带来了什么呢？第一人称"我"的运用容易引起读者的共鸣，在视角尚未越界之前，故事中的反讽效果主要是通过叙述者幼稚又故作深沉的视角营造的，就像"王八拳"这一节：

> ……下地之后，每一张床的小朋友都在摩拳擦掌，等他一到就开始抢拳。要走到活动室去必须一路抢过去。上厕所也要边抢边尿，旁边不能有人，也腾不出手扶把。做游戏的时间几乎没有了，只要阿姨一解散，小朋友们就围着方枪枪狂抢王八拳。①

这一段的反讽效果让人不禁捧腹。小孩之间打架是很正常的事，但是通过小孩煞有介事的语言说出来就让人忍俊不禁。这时候读者的情感已经转移到主人公身上了，主人公喜欢什么读者也会喜欢什么，主人公讨厌什么读者也会讨厌什么。上文提到的李阿姨就成了共同的头号讨厌对象，李阿姨生来一副男人的骨架，穿男人的皮鞋，一个眼神简直可以直接杀死一只苍蝇，是方枪枪舒适的保育院生活中最大的敌人。读者自然也随着方枪枪一同讨厌李阿姨，认为她粗暴、没有爱心，根本就是在蛮横地对待小朋友。但是事实却不是这样，越界视角给我们提供了可以深入李阿姨内心的机会，下文是李阿姨的一个梦：

> 李阿姨渴、热、肌肉酸楚，施展不开，而此刻正需要她大显身手——她被汹涌的大河波涛裹胁夹带顺流而下。她喊、叫，竭力把头露出水面呼吸氧气。刚才她和她那班孩子在过河摆渡时翻船落水，湍急的河水把孩子们一下冲散，一颗颗小小

---

① 王朔. 看上去很美. 北京：北京十月文艺出版社，2016：62.

的人头在波浪之中若隐若现。李阿姨急得跺脚：这要淹死几个，怎么得了，必须营救，我死也不能死一个孩子。高尚的情感充满着李阿姨全身。有人在岸上喊：哪一个？李阿姨小声喊：我、我、是我。那人转身走了，李阿姨流下绝望的眼泪。方枪枪从她身边漂过，她伸手去抓，一把抓空，汪若海又从她身边漂过，她又没抓住。她大哭起来，游了几步，忽然看见方枪枪没冲走，正躺在一个旋涡上打转，喜出望外，扑过去一把捞住他……①

这一次视角的侵入给我们展示了一个有责任心、爱孩子的生命胜过爱自己的生命的李阿姨，她虽然严厉，还有些蛮横，但却是真正把保育院的小孩放在心上的好阿姨。因为李阿姨平时很严厉，所以被保育院的孩子当作"大鸭梨""妖怪""特务"，产生了一些令人哭笑不得的误会。李阿姨也时常幻想自己教的这群孩子里能有一两个有出息的，等到他们功成名就之后回忆谁是他们的启蒙老师时，自己也能沾点光，虽然那时自己也许穷困潦倒，瘫痪在床，但也可以悲欣自许，憨笑弃世。这也是李阿姨可爱的一面。如果《看上去很美》没有这种越界视角的话，读者就会被主体视角带着走，李阿姨则会变成一个恶毒的保育院阿姨，那喜剧的意味就会被削减大半，悲剧的意味就会掩盖喜剧的意味，大概就有人会攻击保育院的教育制度了。

事实上，保育院的阿姨们再怎么打小孩，也没有他们的父母打得多、打得狠。而且，在保育院，阿姨们还会教他们知识，帮他们培养良好的生活习惯，在那个父母之爱缺失的年代，是保育院的院长和阿姨们给了他们关于生活的启蒙。因此，这种越界视角赋予了《看上去很美》完全不同的意义，它反讽的是处在特殊时代的人们蒙昧又天真的精神状态，表达的是一种乐观和苦中作乐

---

① 王朔.看上去很美.北京：北京十月文艺出版社，2016：164.

的态度，这部小说也因此成为王朔小说中成就最高的一部。

　　上文说过，视角越界的前提是首先假设故事有一个主体视角，它或是第一人称外视角，或是内聚焦，或是零聚焦。只有存在一个主体视角，当其他视角侵入的时候才能被意识到。那么，是否存在这样一种极端的情况，全文没有主体视角，而是分为一段一段的，每一段的视角都不一样？福克纳《我弥留之际》就有这样的倾向，但是最终依旧统一为全知视角。如果一部小说的主体视角是全知视角，那么叙述者就可以随意运用其他几种视角，如果一部小说运用全知视角以外的另外几种视角，那也就和全知视角一样了。目前，笔者还没有找到如此极端的文本案例。或者，可能还存在一种情况，即全知视角以外的另外几种视角中，有两种视角互相平行，就如《看上去很美》的内视角和第三人称外视角并用一样。

　　视角反映了一种极其复杂的叙事结构，不管是对研究者还是被研究者来说，这种结构都是难以完全掌握的。对文本来说，视角牵涉到是谁看的，看到了什么；对研究者来说，视角牵涉到是谁看的，怎么看的。视角是叙述声音的前提，因为确定了视角之后才能确定使用的人称，才能选择是使用符合人物身份的语言，还是选择叙述者自己的语言。王朔小说中三种独特的视角，即场景式视角、孩子式视角以及越界视角，是从王朔的小说文本中总结出来的，并不是说其他小说里没有这些视角，而是在王朔小说中，这些视角对揭示王朔独特的创作观和人物性格有重要的作用。在下一节中，笔者会谈到控制叙述信息的另一种方法——调节叙述距离，这种方法则是通过转述语来控制的。

第二节　王朔小说中的转述语与意识流反讽

　　使用转述语是一种调节叙述距离的手段。有些转述语中叙述者和人物的距离很近甚至重合，那么这种转述语提供的信息就清晰一些；有些转述语中叙述者和人物的距离被拉得很远，那么提供的信息就模糊一些。这就像欣赏一幅名画，离得近的人自然看得清楚一些，离得远的人自然很难细致观察，只能产生一个模糊的印象。小说界一直以来就有"模仿"和"纯叙事"对立的争论，柏拉图认为"模仿"更靠近真实，内容更简洁，方式更间接，"纯叙事"则和真实的距离更远，因而不容易展示真实。热奈特用一个公式表现出"模仿"和"纯叙事"的区别，即"信息+信息提供者=C"，C是一个常量。因此，"模仿"中信息提供得越多，信息提供者的介入就越少；"纯叙事"中信息提供得越少，信息提供者的介入就越多。①

　　现在看来，"模仿"就是指直接引语，"纯叙事"则是间接引语。现代的转述语按照有无引号来分，有不自由引语和自由引语；按照人称来分，有直接引语和间接引语；按照叙述控制者来分，有叙述者完全介入、叙述者和人物共同发声，以及完全由人物发声，叙述距离由远到近。由此，我们对王朔小说中的转述语进行了分类。首先，王朔小说中最具特色的还是他的场景描写，也就是直接引语的使用，大量调侃式的对话更接近对生活真实的"模仿"。其次，除了调侃式的对话，我们还需注意到王朔在小说中对自由间接引语的使用，有些是自觉的，有些是不自觉的。最后，内心独白也是一种从自由直接引语中发展出来的现代语言技巧之一，内心独白有时候也被称作"意识流"，这种技巧常常被认

---

① 热奈特.叙事话语　新叙事话语.王文融，译.北京：中国社会科学出版社，1990：111.

为是能最直接地将人物的思想活动以最活跃的方式呈现出来的语言技巧，但王朔在小说中对叙述距离的把握其实依旧是为了突出其在小说中想要表达的反讽意图。

（一）调侃式直接引语：对说话人的反讽

直接引语区别于其他转述语的特征主要有三个：第一，有引导语；第二，带双引号；第三，人称相同。引导语例如"某某说""某某道"等，中国古典小说经常使用这种引导语，下面随意摘取《红楼梦》中的一段话作为示例：

> 宝玉随进来问道："凡事都有个原故，说出来，人也不委屈。好好的就恼了，终是什么原故起的？"林黛玉冷笑道："问的我倒好，我也不知为什么原故。我原是给你们取笑的，——拿我比戏子取笑。"宝玉道："我并没有比你，我并没笑，为什么恼我呢？"黛玉道："你还要比？你还要笑？你不比不笑，比人家比了笑了的还利害呢！"宝玉听说，无可分辩，不则一声。①

这里的"宝玉随进来问道""林黛玉冷笑道""宝玉道""黛玉道"都是直接引语的特征。但是，不是所有的直接引语都有引导语。引导语主要有三种情况。其一为引导语在前，引语在后，如："于观安慰他：'不怕的，领不领是他们的事，不领我们硬发。'"②这种情况下引导语可以省略。其二为引导语在中间，如："'可以。'宝康既矜持又谦逊地说，'我甚至可以给你签个名儿呢。我最有名的作品是发在《小说群》上的《东太后传奇》和发在《作

---

① 曹雪芹.红楼梦.北京：人民文学出版社，2008：296.
② 王朔.顽主.北京：北京十月文艺出版社，2016：5.

家林》上的《我要说我不想说但还是要说》.'"①这种情况的引导语是省略不了的。其三为引导语在引语后面,如:"'你说,那些名作家会不会端臭架子,拒绝领奖?'于观把青年作家送到门口,青年作家忽而有些忧心忡忡。"②引导语有时可以帮助读者揣摩人物说话时的状态,如"笑道""惊讶地说""亲切地说"等,有时还可以表讽刺,如"装作天真地说""揶揄地说"等。然而,这种引导语也可以省略,王朔小说里有很多直接引语是省略了引导语的,如《顽童》中:

> "我是个作家,叫宝康——您没听说过?"
> "哦,没有,真对不起。"
> 在"三T"公司办公室里,经理于观正在接待上午的第三位顾客,一个大脑瓜儿细皮嫩肉的青年男子。
> "我的笔名叫智清。"
> "还是想不起来。您说吧,您有什么事,不是想在我们这儿体验生活吧?"③

省略引导语的好处在于,不用在每个人物发话时都添上引导语,使对话更加顺畅,一句接着一句没有什么停顿,这类省略在对话占主要篇幅的小说中起到了很大的作用。但是这种省略引导语的方式也有缺陷,在《玩的就是心跳》中,在回忆主人公和许逊等一伙人去猴山看猴时的事件时,王朔也使用了省略引导语的句子:

> "明天这会儿我就到家了到家了……你们在哪儿在哪儿明天?"

①　王朔. 顽主. 北京:北京十月文艺出版社,2016:5.
②　王朔. 顽主. 北京:北京十月文艺出版社,2016:5.
③　王朔. 顽主. 北京:北京十月文艺出版社,2016:3.

"为什么不叫凌瑜来不叫凌瑜来为什么？"

"烦她烦她叫她来干吗和她待在一起已经没劲不如看乔乔看夏红看刘炎可望不可即可即不可看。"

"刘炎答应来答应来迟迟不来涮爷们儿装丫挺冯兄应该抽丫挺。"

"谁抽谁很难说冯兄不会螳螂拳螳螂拳。"①

随后，这场对话从 197 页一直持续到 202 页。上面这段文本的特殊之处在于它不是两个人之间的对话，可以你一句我一句分得很清楚。这一段对话最初发生在酒桌上，酒桌上坐了七个人，七个人不可能一人一句七次一循环。就算是七次一循环，那么发话者的顺序是怎样的，这些我们是不得而知的。因此，在这段对话里，缺少引导语使文本变得模糊不清，对人物刻画也没有任何用处，貌似只是为了和前文呼应，单纯地描写这一个事件。事实上，这种省略也带来了意料之外的效果，有引导语的直接引语和省略引导语的直接引语都是为了直接反讽说话人，赵宝康、于观、方言等人因为玩世不恭常常做出许多荒唐的事，令人啼笑皆非。例如，《玩的就是心跳》讲述的是一个凶杀案，但实际上靠的是模糊或缺失的记忆来制造悬念，那么这一段话的实际效果就体现出来了——记忆本不可靠，谁说的记不清了，说的什么也很难复原了，这无疑加强了故事的悬念，也可以看作引导语缺失造成的特殊效果。

直接引语的第二个特征是带双引号。标点符号在中国的流行时间其实不长，中国古人写书时是不用标点符号的，只用一种被称为"句读"的绝止符号，"句"就是一个句子的结束，相当于现在的句号，"读"就是停顿，相当于现在的逗号或顿号。

西方之所以对转述语的研究比较早，与他们使用标点符号较

---

① 王朔. 玩的就是心跳. 北京：北京十月文艺出版社，2016：197.

早也有关系。在叙事学中，我们一般都取引号的第一种用法，即对引用的话的起始与结束进行标注。有无引号在中文现代小说中几乎是判断句子是否为直接引语的唯一标准，因为中文缺少时态变化，又可以省略主语人称。英语中常以时态从现在时变成过去时、人称从第一人称变成第三人称来区别直接引语和其他引语，这种判断方法在中文里行不通。在赵毅衡的分类中，他将直接引语引申出了两种副型：

> 第一式：直接引语式。讲话者可以以"我"自称，有引导句。
> 例："素素，醒一醒！"妈妈叫她。
> 副型A：用引号，无引导短句。
> 例："而我的最宝贵时间是用来端盘子的。"她忧郁地一笑。
> 副型B：有引导短句，但无引号。
> 例：我在这呢！她向着天安门的回音壁呼喊。①

直接引语的原型（即第一式）和副型A都属于比较常见的直接引语，副型B则有所争议，因为一段引语既没有引导句也没有引号，仅仅凭借人称就判断其为直接引语，这是很难令人信服的。根据上文所述，自由式的引语和非自由式的引语的区别就是有无引号，如果副型B也算直接引语的话，那么副型B和自由式引语就没有区别了。赵毅衡提出，可以根据句子的词语、语气和感情色彩来判断句子是否为直接引语。但是这样就更模糊了，如果是人物个性鲜明的小说，像阿Q、祥林嫂这样的人物，我们可以判断小说中的一句话是人物说的还是叙述者说的，但是在王朔的小说里，要区分马青、杨重、于观三位人物的直接引语副型B和自由间接引语是难以做到的。一个原因就是这些小说中几乎所有的

---

① 赵毅衡. 小说叙述中的转述语. 文艺研究，1987(5)：81.

对话都没有主语，另一个原因就是所有的对话都用双引号引起来
了。在中短篇小说家中，王朔可能是在同一篇小说中使用双引号
数量最多的小说家，《你不是一个俗人》《顽主》《一点正经没有》
里双引号开头的段落起码占八成以上。

直接引语的第三个特征是人称相同。因为中文有时会缺乏英
文中必须有的主语人称代词，所以很难说人称在中文里能带来多
少区分度。但是这同时也使中文小说里多了一种独特的转述语类
型——两可型转述语。

申丹在《叙述学与小说文体学研究》中举了两个例子：

> （1）他犹豫了一下。（我／他）看来搞错了，他对自己说。
> （2）他犹豫了一下。（我／他）看来搞错了。①

（1）是自由直接引语和间接引语的两可型转述语，（2）是自
由直接引语和自由间接引语的两可型转述语。两可型转述语在西
方很少有人注意到，但在中文小说中却是一种独特的形式，却也
常常被批评家忽视。在《看上去很美》里有这样一段：

> 勇敢——那就是在全班同学幸灾乐祸的目光下，一步一步
> 正常地走回自己座位，脸上没有泪水，嘴角挂着微笑。不管多
> 没心情，这笑容是必须的。那是一剂良药，可以在五步之内治
> 愈你的心头创伤，这样你坐下时会真觉得好受多了，真觉得自
> 己在笑。有时自己的笑容也会感染自己，尽管那在通常、在旁
> 观者看来应该叫无耻。②

如果这是方枪枪自己的心理活动的话，这就是自由直接引
语；如果这是叙述者从经验视角发出的感慨的话，那这就是叙述

---

① 申丹.叙述学与小说文体学研究.北京：北京大学出版社，2019：311.
② 王朔.看上去很美.北京：北京十月文艺出版社，2016：196.

干预。从自由直接引语的角度看，这是方枪枪替老师胡乱批改作业被批评之后又要面子的孩子心性，只让人觉得滑稽可笑；从叙述干预的角度看，这却增加了一丝同情和自嘲的意味，在那个特殊年代，朱老师因为不敢批评学生而放纵方枪枪，最终造成了他越俎代庖行为的发生。对于方枪枪的行为，朱老师理应制止，但却不能按照正确的方式去引导孩子健康成长，反而让他将无耻当作勇敢，这不能不说是一种反讽。

（二）间接引语和自由间接引语：争夺反讽的权力

间接引语与直接引语的不同就在于前者是叙述者客观地转述人物的话，与直接引语相比，间接引语在形式上更加简单（没有引号），人称上略有区别（第一人称变为第三人称），叙述者介入的成分更多，有时候甚至会淹没人物的声音。间接引语的主要优势体现在它在语气、词语上与前句的口吻很相似，不会打断文本的叙述流动，如《动物凶猛》中：

> A我问她上学呢还是已经工作了。B她回头告诉我（引导句）她（第三人称）早就工作了，初中毕业便去郊区一个果园农场当农工，每个月挣十六块钱工资。①

在这个句子中，A句是自由直接引语，B句是间接引语，自由直接引语是完全由人物控制的转述语，人物的口吻和感情色彩较浓。A句和B句中看不出很强的口吻上的差别，B句完全契合了A句的叙述风格。间接引语的作用不止于此，上文这一段话其实是浓缩了好几段直接引语而成的，为的是体现出主人公和于北蓓单独待在一起时的沉默和尴尬。再看在这段话之前几段的一段话：

---

① 王朔.动物凶猛.北京：北京十月文艺出版社，2016：87.该引文中的小字和下画线均为笔者添加。

我和她已经很熟了，可只剩我们俩在阴森森的大房间里时，我还是像一下被人关了开关，没词儿了，只是沉默地抽烟。①

叙述者对他们俩之间的对话描写得很少，也是为了突显这种尴尬，所以叙述者采用了间接引语的缩写办法，加快了叙述速度。间接引语有时候还和直接引语一起对比使用，目的是调节文本中的明暗度。申丹用狄更斯《双城记》中的"失望"一章举了例子，认为这章将反面人物和反面证人说的话都用间接引语表达，正面人物一出场，作者就换用了直接引语；使用间接引语的反面人物、反面证人因为第三人称和过去时拉开了与读者的距离，而正面人物因为与读者距离较近赢得了更多的同情。②王朔的小说中没有这种明暗变化，而是经常在一句话里将自由直接引语和间接引语混用，上文已经讨论过这种混用了。

实际上，自由间接引语是相对于叙述者控制的自由，因为在间接引语中，叙述者控制有时候会超过界限，淹没人物的声音。对比这两句话：

　　A　他说他再也不会回北京了。
　　B　他说他再也不愿意回到那个地方了。

A句中的叙述干预较重，不带人物的感情色彩，B句则保留了一些人物的感情色彩，相对于A句，叙事学家们更倾向于将B句称作自由间接引语，所谓自由间接引语就是带有人物感情色彩的间接引语。自由间接引语的功能主要有四种，首先就是能有效地表达讥讽或诙谐效果。

①　王朔.动物凶猛.北京：北京十月文艺出版社，2016：86-87.
②　申丹.叙述学与小说文体学研究.北京：北京大学出版社，2019.

第二天清晨，第一道阳光照进院长办公室时，李阿姨思想通了。经过老院长的彻夜长谈，她明白做革命工作总要受些委屈这道理。孩子嘛，就是会干出些匪夷所思的事说些不着四六的话，他们要都有组织公安部那水平才叫怪呢，神经正常的人谁会跟他们认真。①

这段自由间接引语出现于李阿姨被保育院的孩子们误会为特务之后，孩子们连夜去向巡逻的士兵举报，导致她被老院长和巡逻队连夜叫醒。大半夜出了丑，李阿姨心里自然愤愤不平，恨不得把每个孩子都打一顿，可是又打不得，经过老院长开导之后，只能以这样的理由回复老院长，以示自己已经想通了。这话如果出自一个心胸宽广、心口如一的人物之口，是一段很好的表白，但是李阿姨在前文中已经被描写为一个严肃、假正经还有点蛮横的保育院阿姨，说出这段话就十分滑稽，有些像被批评之后急于脱身的仓促回答。

事实上，晚些时候，李阿姨看见方枪枪背后还留有前一晚去举报自己时留下的鞋印，愤怒一下子把理性遮蔽了，李阿姨飞起一脚把方枪枪踹飞了出去。读者在这里充当了一个旁观者，从一个比较客观的视角对发生的事情进行了思考和分析，讥讽和滑稽的意味就表现得比较充分了。

其次，自由间接引语还能增强同情感和滑稽感。就如上面提到的这段话，在那个年代，被认为是特务是一件很严重的事情，孩子们受到周围环境的影响，知道特务是坏人，正好他们又很讨厌李阿姨，抱着"为国分忧"的想法，半夜出去将李阿姨举报了。院里也很重视，老院长和巡逻的二班长亲自去询问了李阿姨，老院长还特意去看了李阿姨的档案。被人污蔑是很令人愤怒和委屈的，而且举报的还是一群保育院的小孩。李阿姨肯定不是特务，

---

① 王朔. 看上去很美. 北京: 北京十月文艺出版社, 2016: 166.

但她在小孩中不受欢迎是板上钉钉的，所以她又气又急，气在孩子们居然认为她是特务，急在要澄清自己的清白。

当读者读到这里的时候，除了对这件事感觉滑稽之外，同时也对李阿姨产生了深深的同情。她只是比别的阿姨严厉，而且缺乏所谓"女性的柔美"，但是她的内心还是善良、负责的。来看一下叙述者对李阿姨的外貌描写：

> 李阿姨的个头在男人里也算高的。假如女子排球运动早几十年兴起，她也许凭这身高就能为国争了光。她有一对儿蒙古人种罕见的大双眼皮，可那美目中少见笑容更不存一脉温柔。她是军官的妻子，小时没裹脚，总穿两只她丈夫的男式军用皮鞋。这钉着铁掌走起路像马蹄子铿锵作响的沉重皮鞋，再配上一身外科大夫的白大褂和几乎能画出箭头的锐利目光，使她活像个具有无上权威的生物学家。①

高个子、严肃且硬朗的作风，这样的李阿姨是很难讨小孩喜欢的，虽然她有文化也非常负责任，但是孩子们不是在抓特务的时候把她当成特务，就是在看《西游记》的时候把她当成妖怪，这对她是一种不尊重。也是因为这样，读者对李阿姨的同情感就更强了。

再次，自由间接引语还可以增加语意密度。增加语意密度就是指自由间接引语涉及的叙述者、受述者、读者三者之间出现了一种多声部的和声，如李阿姨想通了的那一段，她是说话人，但叙述者也有自己的声音，她的直接受述者是老院长，老院长也会对这一段话有所回应，读者读到之时似乎也有所认同，这就形成了至少是四种声音的混合，促成了多语共存的局面。

最后，自由间接引语兼具直接引语和间接引语之长，既能表

---

① 王朔. 看上去很美. 北京：北京十月文艺出版社，2016：13.

现出人物语言的特色，也能适当地拉开叙述距离，提供比较客观的叙述观点。

（三）急智式反讽：以内心独白为主要形式

上文讨论了四种转述语形式中的三种，现在来讨论最后一种形式：自由直接引语。自由直接引语是一种叙述距离缩小到了极致的转述语，完全由小说中的人物控制，也就是说这种转述语拒绝叙述者的控制，而是转向人物的内心，通常来自人物内心的独白，这样反倒能够突出人物伪善丑恶的面貌。这种转述语一般使用第一人称并且没有引号。

首先讨论常规的自由直接引语。自由直接引语也被称作自由直接思想或是自由直接文体，从后面两个名称可以看出自由直接引语主要体现的是人物的思想，又因为这些思想没有使用引导语或引号特别标注出来，所以是隐藏在形式之下的，我们称其为内心独白或意识流。自由直接引语常常用来表达人物的梦幻、感知、冲动等非语言的心理活动，如：

> 在其后的一周内，她的双唇相当真实地留在我的脸颊上，我感觉我的右脸被她那一吻感染了，肿得老高，沉甸甸的颇具分量。
>
> 这是猝不及防的有力一击。那天下午我一直晕乎乎的，思维混乱，语无伦次。但就在那种情形下，我仍小心翼翼地保持着分寸，不使别人看出我心情的激动，如同一个醉酒的人更坚定地提醒自己保持理智。我以一种超乎众人之上的无耻劲头谈论这一吻，似乎每天都有一个姑娘吻我，而我对此早就习以为常。①

---

① 王朔.动物凶猛.北京：北京十月文艺出版社，2016：89.

上面这段出自《动物凶猛》里于北蓓和一群哥们儿的恶作剧，一群哥们儿让她涂了口红亲"我"的脸，被亲之后"我"的心理活动爆发了，总觉得被亲过的脸肿得高高的，晕晕乎乎的。这不可能是叙述者的感受，只能是人物的内心感受，"我"处于少不更事的年龄，又是那种本性不坏却被社会风气影响的少年，产生这种心理活动也是符合人物身份的。因此我们可以把自由直接引语和叙述背景区别开来。除了人称的区别外，没有特别明显的特征可以区分自由直接引语和自由间接引语，所以只有依靠它们在文本中的不同效果来进一步地区分。

其次，意识流小说有一种特殊的形式，如《尤利西斯》从第十八章开始的不带标点的叙述、巴塞尔姆的《白雪公主》里那一段不带标点的话，似乎不带标点已经成了意识流的一个突出特征。我们来看王朔小说中这一处没有标点的地方，如《千万别把我当人》中：

> 元豹妈妈念念有词地又哭又唱着，向大胖子致词，"敬爱的英明的亲爱的先驱者开拓者设计师明灯火炬照妖镜打狗棍爹妈爷爷奶奶老祖宗老猿猴老太上老君玉皇大帝观音菩萨总司令，您日理万机千辛万苦积重难返积劳成疾积习成癖肩挑重担腾云驾雾天马行空扶危济贫匡扶正义去恶除邪祛风湿祛虚寒壮阳补肾补脑补肝调胃解痛镇咳止喘通大便，百忙中却还亲身亲自亲临莅临降临光临视察观察纠察检察巡查探查侦查查访访问询问慰问我们胡同，这是对我们胡同的巨大关怀巨大鼓舞巨大鞭策巨大安慰巨大信任巨大体贴巨大荣光巨大抬举。我们这些小民昌民黎民贱民儿子孙子小草小狗小猫群氓愚众大众百姓感到十分幸福十分激动十分不安十分惭愧十分快活十分雀跃十分受宠若惊十分感恩不尽十分热泪盈眶十分心潮澎湃十分不知道说什么好，千言万语千歌万曲千山万海千呻万吟千嘟万哝千词万字都汇成一句响彻云霄声嘶力竭声震寰宇绕梁三日振聋

发聩惊天动地悦耳动听美妙无比令人心醉令人陶醉令人沉醉令人三日不知肉味儿的时代最强音：万岁万岁万万岁万岁万岁万万岁！"

元豹妈一口气没上来，白眼一翻昏过去了。李大妈站出来接着打机枪似的说：

"没有您我们至今还在黑暗中昏暗中灰暗中灰尘中灰堆中灰烬中土堆中土坑中土洞中山洞中山涧中山沟中深渊中汤锅中火坑中油锅中苦水中扑腾折腾翻腾倒腾踢腾……"①

与《尤利西斯》等意识流小说没有标点的自由直接引语不同，王朔小说中这些没有标点的句子全都是人物的对话，是直接引语，要说它们没有标点，其实也就是只缺少逗号和顿号。与其说王朔小说中的这些句子与意识流类似，还不如说这些句子类似于中国古代的"急智"，表达出的是潜意识中的习惯用语、日常用语，哪个蹦到脑子里就用哪个，王朔就是用这种急智式的叙事方法来反讽元豹妈、李大妈的封建无知。"急智歌王"张帝就是以这种歌曲问答的表演形式著称。如果仔细分辨这种急智，其实也有规律：首先，他会选一段节奏非常慢的歌曲，节奏慢的歌曲能够让歌手有比较充足的时间组织下一句歌词；其次，他会用时间、地点来填充歌词，如"今天晚上我刚坐飞机来到这里"；最后，他会用适合乐曲的韵的词来作韵脚，如"能够看到大家是多么甜蜜"。这种急智的歌曲虽然听上去非常简单，歌词也没有深度，却很受大众的喜欢，那么是什么带给了观众们快感呢？其实还是意识的流动。从他嘴里流出的一段段歌词，观众觉得能够成句，也能感受到他确实是经过思考才组织成了这一段段歌词，韵脚也能合上，观众就会得到听歌的快感。从上面的一处引文中我们也能感受到这种急智。一方面，我们可以从元豹他娘那一大段话里了解到她还能

---

① 王朔. 千万别把我当人. 北京：北京十月文艺出版社，2016：209-210.

知道这么多词，这是不容易的，但是这也在一定程度上体现出了这些人的愚昧。另一方面，这段话里有个明确的受述者——一个胖子官员，那么这段话陡然就有了讽刺的意味，老百姓们需要对官员如此拍马奉承，还说晕过去，这难道不是对官僚主义作风的一次激烈的反讽吗？这与西方的意识流或许还有一段差距，但却是中国比较有特色的急智的表现。

还有一种没有停顿标点的情况是王朔故意为之的，为的是造成一种在天井中说话处处都有回声的效果，但表达的反讽意味是一样的，如《玩的就是心跳》中：

> "你回北京后帮我看一下避孕套避孕套有多少收多少。不是卖气球卖气球有个肉孜人要肉孜没这个政府不避孕人民想避孕论个卖一个五肉币五肉币无本万利无本万利那个肉孜人他爸是肉孜的总兵。"[1]

这段话显得重复混乱，像是走在山谷里谈话有无数回声，其实是方言他们坐在天井里交杯换盏、谈笑风生时的回响。这种情形其实与意识流没有太多的关系，在他们的谈话中也感受不到多少意识的流动，但是这却是中国特有的"酒桌上的意识流"。我们可以想象，一群喝得面色紫胀的人在聊天，其实谁也记不住谁说了什么，都是瞎聊。莫言在《酒国》里描写了一个人喝酒之后眼前出现的各种幻象，最后这人一头扎进粪坑里；王朔的《浮出海面》里也有对两个人喝多了酒在凳子上游泳的可笑情景的描写。可见，一旦喝多了酒，人的意识就会具现漂浮在眼前，人也会失去思考的能力和逻辑，这种意识的流动通常流于表面，流于酒桌上的嬉笑怒骂、许诺宣誓。毫无疑问的是，王朔在此反讽的是部分年轻人混乱的生活状态和丑陋的酒桌文化。

---

[1] 王朔. 玩的就是心跳. 北京: 北京十月文艺出版社, 2016: 197-198.

最后，我们来讨论一种王朔小说中特殊的自由直接引语。《看上去很美》中有一种特殊的引语形式——只有冒号，没有引号，如：

> 你说什么！"糖包"一下炸了，窜了过来，连推带搡，我脑袋咚一声磕在身后水泥墙上。我开口骂她：操你妈！[①]

> 她还怕方枪枪听不懂，接着问他：你知道什么是皇后吗？[②]

此处引号的省略很特别，明明是人物在说话，却没有引号，只用冒号隔开，如果将这种形式也当作直接引语的话，上边两个例子似乎可行，但是放到其他例子上，又不能成立了，如：

> 方枪枪有些愤愤不平：她也给我打针了我也给她打针了怎么我就活该得一个"滚"。[③]

这一句话明显就不是直接引语，而是方枪枪的内心活动。以方枪枪的年龄是不敢和李阿姨说这样的话的，冒号之后的句子使用的词也不是方枪枪能说得出来的。所以这种形式非常奇特，可以看作自由和不自由兼有的一种类型，既可以表达人物的原话，也可以表达人物的内心。在这里，王朔对成人粗暴地介入孩子世界的行为逻辑进行了反讽。实际上，引号并不是可靠的引语式标记，而且中文里本来也没有引号，所以直接引语可以只用引号而不用引语，也可以只用引语而不用引号，只要把转述语从叙述语流中隔离出来就行。这种判断方式说白了就是靠读者的天赋去判

---

① 王朔. 看上去很美. 北京：北京十月文艺出版社，2016：68.
② 王朔. 看上去很美. 北京：北京十月文艺出版社，2016：94.
③ 王朔. 看上去很美. 北京：北京十月文艺出版社，2016：54.

断哪些形式不严谨的句子是叙述语流，哪些不是。

然而，大部分叙事研究者都不这样认为，本来他们就把转述语看作一种形式化的话语，形式不严谨或者说失去了这种形式的话语就不能算严格意义上的转述语。上文引用的三个句子就不是正常的转述语，要是严格按照形式上的划分，《看上去很美》这本书就没有直接引语，但是事实是：

> A 哭啦。唐姑娘在一边笑。
> B 这孩子心里明白着哪，什么都懂。李阿姨摸着脚下这孩子的脑袋对小唐说。
> C 走吧走吧，喝你的粥去。唐姑娘过来把方枪枪往小桌那儿推。
> 方枪枪不走，含着眼泪仍旧死看李阿姨。
> D 去吧。李阿姨叹口气说，批准你了。①

像这几句话里不可能没有直接引语，因为这明显不是人物内心的思想活动，人物之间的对话都是能互相听见的。因此，换个角度来看，这样一种自由和非自由兼顾的转述语形式也能产生独特的效果。我们只能承认它，并且将其归为一类新的转述语。

王朔在《看上去很美》的自序中说："真正具有摧毁性，禁不起我自己追问的是：你现在想起来都是真的吗？谁都知道人的记忆力有多不可靠，这就是一般司法公正不采信孤证的道理。"② 王朔写小说的追求曾经是"还原生活"，但是后来他发现生活根本没法完全还原，小说的本质还是"第一是虚构，第二是虚构，第三还是虚构"③。这种自由和非自由的两可型转述语就能使小说还原生活的程度更高。将上述引文看作直接引语没有任何问题，但是

---

① 王朔. 看上去很美. 北京：北京十月文艺出版社，2016：24.
② 王朔. 看上去很美. 北京：北京十月文艺出版社，2016：6-7.
③ 王朔. 看上去很美. 北京：北京十月文艺出版社，2016：7.

我们不禁会问，这真的都是直接引语吗？

除了明确的带有引导语的B、D两段，A、C两段其实是可以看作自由直接引语的，"哭啦""走吧走吧，喝你的粥去"完全可以是唐姑娘的内心活动，同时也不对下文构成直接的因果关系。将A、C两段看作唐姑娘的内心活动，让本来形象扁平的唐姑娘瞬间丰满了不少。通过之前的了解，我们只能知道唐姑娘是一个傻乎乎的保育院阿姨，没有多少文化，是李阿姨的跟屁虫兼崇拜者，而这两段告诉我们，唐姑娘是一个和蔼可亲、对保育院缺失父母之爱的小孩们怀有慈母之心的好阿姨，这也与李阿姨的严厉形成了对比。实际上，王朔在《看上去很美》中最想表达的反讽就是，在他所处的那个特殊的年代，成人总是粗暴地介入保育院孩子的理想乐园，当天真、纯洁的孩子遇到成人世界的性别意识、好坏标准时，那种冲击简直是难以想象的。

其实我们都知道，王朔小说里，特别是《顽主》《你不是一个俗人》《谁比谁傻多少》这些直接引语占主要篇幅的小说里，对人物思想深度的体现是不够的，似乎所有的时间里他们都在打嘴仗。虽然直接引语也叫直接思想，但是这些没有营养的对话只能让人物更加平面化，给人留下"痞子""流氓"的印象，所以《看上去很美》中这种特殊的转述语形式其实是王朔找到自己独特的转述语的结果。

第三节　王朔小说中的不可靠叙述与开放形式反讽

叙述可以分为可靠叙述与不可靠叙述，与我们对一个人的评价类似，在文本中，对叙述的可靠性的判断就落到了叙述者的肩上。叙事传达中的参与者一共有四位：隐含作者、叙述者、受述者和隐含读者。那么叙述者首先就要受到来自隐含作者的质疑，叙述者与隐含作者的价值判断相符，则叙述者就是可靠的叙述者，如果叙述者与隐含作者的价值判断不符，则叙述者就是不可靠的叙述者。如果我们能够在文中判断出叙述者是不可靠的，那么我们就能读出叙述者到底是怎样参与反讽的。

可是隐含作者的价值判断要怎么得出呢？如果说现实中的作者要对隐含作者产生影响，那这是文学传记学家要做的事。如果以文本中的因素去总结隐含作者的观点，那又免不了牵扯到叙述者的看法、意图，以及读者对隐含作者的推论猜测。所以韦恩·布斯在《小说修辞学》中提到"隐含作者"的时候也不免含糊其辞。布斯在20世纪50年代提出这一概念，当时形式主义学派风头正盛，所以"作者"这一明显带有外部研究色彩的术语显然是不合时宜的，所以他使用了"隐含作者"这一概念，本意是兼顾内部研究和外部研究，因此"隐含作者"其实是三重身份的重合（真实作者、隐含作者、隐含读者），即隐含作者的观点和价值判断是这三者观点和价值判断的总和。[①]

解释了隐含作者是什么的问题之后，我们来解释叙述者在不可靠叙述中的位置问题。在《儒林外史》《红楼梦》等形式上比较客观的小说中，叙述者拒绝对小说中的人物和情节做出道德上的评价，他是隐藏在幕后的，这类叙述者完全不干扰也更不可能偏离隐含作者的意图，所以是比较可靠的。而在有些小说中，如《动物凶猛》《纪实与虚构》，叙述者是显在的，当这些小说中的叙述者表露出与隐含作者不同的价值判断时，叙述者就是不可靠的，反讽意味也在这种不可靠中产生。至于开放式的结尾，它也是通过不可靠叙述产生的一种特殊的叙述加工，具体表现为故事结束了，情节却没结束，人物的命运和归宿也不可知。但是在王朔小

---

① 布斯. 小说修辞学. 华明，胡晓苏，周宪，译. 北京：北京联合出版公司，2017.

说中，开放性形式却不是不可靠叙述造成的，而恰恰是可靠叙述的表现。这种表现是什么，它是怎样从不可靠变为可靠的，具体的例子将在下文中得到分析。

（一）回忆性叙事中的叙述者：被蒙在鼓里的叙述者

王朔小说以第一人称回顾性叙事小说最为出名，尤其是《动物凶猛》及由其改编的电影《阳光灿烂的日子》，这部影片在当时乃至今日都被读者和观众津津乐道，而《动物凶猛》也被认为是王朔对自己少年时代北京生活的追忆。故事的真实与否我们在第二章第一节第三部分"故意暴露的叙事痕迹"中有所讨论，但是故事是否真实与叙述者是否可靠并没有直接的关系，一个不可靠的叙述者可以叙述一个真实的故事，同样地，可靠的叙述者也可以叙述一个不真实的故事。在《动物凶猛》中经常有叙述者跳出来干预小说的进行，如在人物回忆自己十五岁上初中的情景时，紧接着插入了一段：

> 我感激我所处的那个年代，在那个年代学生获得了空前的解放，不必学习那些后来注定要忘掉的无用的知识。我很同情现在的学生，他们即便认识到他们是在浪费青春也无计可施。我至今坚持认为人们之所以强迫年轻人读书并以光明的前途诱惑他们，仅仅是为了不让他们到街头闹事。[①]

第一人称回顾性叙事中，叙述者和人物都是"我"，初中时的"我"显然不可能发出这么成熟和客观的声音，所以这一段声音是由叙述者发出的。确定了叙述者之后，我们可以对隐含作者进行讨论。首先从现实作者对读书这件事的看法来总结，王朔高中毕

---

① 王朔.动物凶猛.北京：北京十月文艺出版社，2016：70.

业就去当兵了，虽然高中在当时算是比较高的学历了，但是王朔确实不是个好学生。在王朔念小学的时候，学校里的氛围就已经不适合学习了，加上许多学生的父母远在外地，孩子无人管束，所以打架成风。唐山大地震那年，地震震塌了几万间平房，许多人被派去救灾，王朔他们没怎么考试，全去帮着盖房了，之后王朔就去当了海军。1977年恢复高考之后，王朔也严肃考虑过是否参加高考，究竟考没考就无从得知了，但是他曾对他参加高考的战友周大伟说过鼓励的话：

> ……他好像从其他战友处得知我参加高考的消息。他问我："听说你参加今年的高考了？感觉怎么样？"我回答说："还不知道结果。能不能考上还很难说。"王朔说："能考上就好。实在考不好，总还可以蹭一考场经验吧！"王朔说话时，似乎若有所思，神态特别认真。①

从这段话中可以得知，那时候王朔对知识分子还不是特别抵触的，到了后来王朔好像和知识分子结了大仇，在《写作与伪生活》中，他这样谈到自己没上过大学的事：

> 科班出身的受过系统的洗脑，像我这种没受过系统训练的人，说假话是说不长的。我想我要是上了大学，念了点书，再跟道貌岸然的伪君子们学学，学一些方法、技巧，诸如如何升华、如何画龙点睛什么的，我想我也许能容易一点，起码这样做没什么困难。②

在《知道分子》中他列举了分辨"知道分子"的标准：

---

① 周大伟.北京往事:周大伟随笔集.济南:山东人民出版社，2008:169.
② 王朔,老侠.美人赠我蒙汗药.武汉:长江文艺出版社，2000:3.

附注：分辨"知道分子"小常识：写伟人传记的；为古籍校订注释的；所有丛书主编；所有"红学家"和自称鲁迅知己的。

次一等：好提自己念过多少年书的；死吹自己老师和老老师的；爱在文章里提他不认识的人和他刚看过的书的。

"知道分子"代表刊物：《读书》；代表作：《管锥编》。[①]

由此可见，王朔对知识分子或是作家的态度是非常激烈的，因为他觉得他一路走来受够了知识分子的气，"像我这种粗人，头上始终压着一座知识分子的大山。他们那无孔不入的优越感，他们控制着全部社会价值系统，以他们的价值观为标准，使我们这些粗人挣扎起来非常困难。只有给他们打掉了，才有我们的翻身之日"[②]。因此，从王朔真实的态度来看，他与叙述者持相同的价值判断。

其次，我们从隐含读者的角度来分析隐含作者的态度。王朔曾说，《动物凶猛》就是给同龄人写的，跟那帮人打个招呼。那么《动物凶猛》的隐含读者就是王朔的同龄人，这个同龄人的范围可能还要缩小一点，应该是当时北京胡同里的那帮同龄人，只有他们才能有和王朔同样的感受。王朔的战友周大伟在回忆录中写道：

如果国家没有恢复高考，我们中间的大多数人会毫无悬念地回到北京。不少人可以期待通过父辈们的权势和关系，在一家国营企事业单位找一份还算体面的工作。像很多在城里的普通人一样，大家都吃差不多质量的饭，穿差不多质地的衣服，过着差不多平淡的日子。彼此之间不会明显拉开距离。现在，高考恢复了，它不仅使我们的生活出现了新的亮点，而且使大量的权势和关系变得爱莫能助。[③]

---

① 王朔. 知道分子. 北京：北京十月文艺出版社，2016：34.
② 王朔. 王朔自白——摘自一篇未发表的王朔访谈录. 文艺争鸣，1993(1)：65.
③ 周大伟. 北京往事：周大伟随笔集. 济南：山东人民出版社，2008：169.

高考的恢复让学历高低重新回到社会人才的评价标准上来，像王朔这一批人只能走没有学历的人走的路，即下海经商或者继续流浪。所以《动物凶猛》刻画的就是这一批人，他们和王朔一样从"打倒知识分子、打倒老师"的氛围里走出来，又经历过没有学历找不到好工作的辛苦。因此该小说的隐含读者推测出的隐含作者的价值判断也更倾向于对知识分子的蔑视和反抗。

由此，《动物凶猛》中的这一段叙述是可靠叙述，叙述者和隐含作者想要表达的意图和价值观是一致的。那么，是否《动物凶猛》里所有的叙述干预都是可靠叙述呢？其实不是，本书第二章第一节已经对叙述者故意暴露自己的叙述痕迹进行了分析，得出的结论是《动物凶猛》里的叙述者通过故意暴露叙事痕迹增强故事的真实性。这个真实性其实不是故事的真实性，而是叙述者的真实性，当叙述者已经告诉读者底本就是假的，那么假的故事和假的底本就是真的故事和真的底本。这里就牵扯到了一个问题，既然叙述者是撒谎者，那读者是否应该责备他？他主动承认自己是撒谎者，就会博得读者的同情，不忍心去责备他。但作为文学批评者，我们必须责备他，那么从什么层面上来责备他呢？笔者认为应该从话语层面上来责备他，虽然叙述者很真诚，但他是不可靠的。《动物凶猛》里的叙述者显然和隐含作者发生了冲突，其实那几段叙述痕迹从情感倾向来看更倾向于隐含作者的声音：

> 要么就此放弃，权当白干，不给你们看了，要么……我可以给你们描述一下我现在的样子（我保证这是真实的，因为我对面墙上就有一面镜子——请相信我）：我坐在北京西郊金钩河畔一栋借来的房子里，外面是阴天，刚下过一场小雨，所以我在大白天也开着灯。楼上正有一些工人在包封阳台，焊枪的火花像熔岩一样从阳台上纷纷落下，他们手中的工具震动着我头顶的楼板。现在是中午十二点，收音机里播着"霞飞"金曲。

我一天没吃饭，晚上六点前也没任何希望可以吃上。为写这部小说，我已经在这儿如此熬了两个星期了——你忍心叫我放弃吗？

　　除非我就此脱离文学这个骗人的行当，否则我还要骗下去，诚实这么一次有何价值？这也等于自毁前程。砸了这个饭碗你叫我怎么过活？我有老婆孩子，还有八十高龄老父。我把我一生最富有开拓精神和创造力的青春年华都献给文学了，重新做人也晚了。我还有几年？[①]

　　如此直剖心迹的叙述其实可以看作隐含作者的直接发言，因为叙述者在故事一开头是一名成功者，他在三十岁后已经过上了倾心已久的体面生活。在王朔的经历谈中也可以佐证隐含作者的真实性，王朔说那时候他和沈旭佳两个人一天只吃一顿饭，因为没有手表不知道时间，就去大街上边走边歪头看行人甩摆的手腕。既然能够确定隐含作者的位置，那么隐含作者对"我"和米兰的关系就与叙述者认为的"我"和米兰的关系产生了冲突，叙述者的不可靠性就彰显出来了。在这段话中，叙述者的不可靠让我们看到了王朔对叙述者假装真实的反讽，无论叙述者怎么强调要老老实实回忆，但其实根本就不存在真实的回忆。

　　查特曼在《故事与话语：小说和电影的叙事结构》里说："如果交流是叙述者与受述者之间的，而以一个人物为牺牲，我们就可以说有一个反讽叙述者。如果交流是隐含作者与隐含读者之间的，而以叙述者为牺牲，那我们就可以说隐含作者是反讽的，而叙述者是不可靠的。"[②]《动物凶猛》隐藏着隐含作者和隐含读者的秘密交流，他们之间的秘密就是：叙述者与米兰的关系是假的，他们其实根本不熟。被蒙在鼓里的叙述者成了被嘲讽的对象，用王朔

---

① 王朔. 动物凶猛. 北京：北京十月文艺出版社，2016：147.
② 查特曼. 故事与话语：小说和电影的叙事结构. 徐强，译. 北京：中国人民大学出版社，2013：213.

说过的一句话就是：谁当真谁傻。

（二）侃故事中的叙述者：人物抢夺叙述话语权

小说中不仅有隐含作者和隐含读者的秘密交流，在垂直轴上还有一个文本要素：人物。人物是故事中重要的有机组成部分之一，故事中的动作需要人物做出，故事中的交流需要人物发声，所以人物也具有相对独立的人格。关于人物的反抗精神，福斯特在《小说面面观》中有过一段精辟的论述："他[小说家]创造出需要的人物，引他们上场，可这些人物又充满反抗精神。因为他们跟我们这样的真人有无数相关相似之处，他们也会努力想过自己的生活，于是就经常导致跟小说的主要框架产生冲突。他们会'跑掉'，他们会'无法掌控'；他们是一种总的创造之下的多种次一级创造，经常跟这个总的创造产生抵牾；倘若给他们全副自由，他们就会把整部小说踢成碎片，而倘若约束得过于严格，他们又会作为报复死给你看，使整部小说因为内伤不治而彻底毁掉。"① 就像福斯特说的那样，当人物的色彩和性格过于强势时，他就会试图摆脱隐含作者和叙述者的束缚，当他成功地将话语权从叙述者那儿抢过来的时候，叙述者就变成了作为基础性存在的叙述者。

我们有必要将王朔小说中以直接引语结构全篇的小说作为一种特殊的小说来研究，像《你不是一个俗人》《顽主》《一点正经没有》这三部"三T"系列小说，以及《谁比谁傻多少》《懵然无知》《修改后发表》这三部"编辑部的故事"系列小说。这六部小说的共同特点就是直接引语结构全篇，场景叙事是主要的叙事手段，反讽意味最为强烈，例如《顽主》中：

---

① 福斯特.小说面面观.冯涛，译.上海：上海译文出版社，2016：60.

赵尧舜诚恳地望着于观："这不公平，社会应该为你们再创造更好的条件。我要大声疾呼，让全社会都来关心你们。我已经不是青年了，但我身上仍流动着热血，仍爱激动，这些，我一想到你、马青、杨重这些可爱的青年，我就不能自已，就睡不着觉。"

······

"听着，我们可以忍受种种不便并安适自得，因为我们知道没有完美无缺的玩意儿，哪儿都一样。我们对于别人没有任何要求，就是我们生活有不如意我们也不想怪别人，实际上也怪不着别人，何况我们并没有觉得受了亏待愤世嫉俗无由而来。达则兼济天下，穷则独善其身。既然不足以成事我们宁愿安静地等到地老天荒。你知道要是讨厌一个人怎么能不失礼貌地请他走开吗？"①

这段话其实是整部小说的思想核心，当热心的读者也为于观、杨青、马重的生存状态担忧时，隐含作者通过人物之口拒绝了这种关心。直接引语虽然是叙述者和人物共同控制的一种转述语，但是叙述者和人物在其中各占多少比例其实是可以调节的，就像上面这一段话，人物显然是在替所有的像于观、马青这样的年轻人发声，他跳出了叙述者的叙述框架，说出了自己想说的话：

"三T"公司的这群年轻人的世界观和价值观与《空中小姐》《动物凶猛》这一类小说中的人物完全不同，他们不再以解放全世界、拯救全人类为己任，他们只关注自己的生存状态，而且只愿意做自己愿意做的事，他们不愿意影响别人也不愿意被其他人影响，个性在这里得到了最纯粹的释放。

由于这些对话的个人色彩过于强烈，在隐含作者和人物的双

---

① 王朔.顽主.北京：北京十月文艺出版社，2016：63-64.

重挤压下，叙述者陷入了"失语"的境地。一般来说，叙述者的思想水平、道德标准都要高于小说中的人物，但在《顽主》这一类小说中，叙述者被挤到了幕后，没有办法发表自己的意见，这也可以算作一种特别的不可靠叙述，人物抢夺了叙述者的话语权，更多地表达出人物自身的逻辑，叙述者的逻辑暂时被压制了。王朔通过文中的马青、于观等人的独立意识、反抗精神，对叙述者展示出的常规逻辑进行了彻底的反讽。

更进一步地，在《看上去很美》中，人物抢夺叙述者话语权的迹象更为明显，人物的"离心力"更强。这部小说采用了一种特殊的自由兼非自由模式的直接引语，人物的话语不用引号标识出来，而是将其隐晦地纳入叙述流中，造成一种叙述者和人物声音混杂的状态。如：

> 就是说，你从这把椅子起飞，一路飞，然后落在窗台上——下不来了？唐阿姨先恢复了理智。她从寝室门口老李的座椅量着步子向窗台走，边走边问。走到窗台前对李阿姨讲：整十步。
>
> 是吗？唐阿姨歪头问我。
>
> 是。
>
> 是吗？唐阿姨大声问其他孩子。
>
> 是。
>
> 是吗？唐、李两阿姨齐声问我们大家。
>
> 是！我们的肯定并不是肯定起飞这件事，而是肯定阿姨念的那个字确实读"是"。
>
> 唐阿姨走到椅子前，转向我：你再飞一遍。①

这里体现出了一种判断，即"我们的肯定并不是肯定起飞这

---

① 王朔. 看上去很美. 北京：北京十月文艺出版社，2016：41-42.

件事，而是肯定阿姨念的那个字确实读'是'"。这种判断是谁下的，是作者吗？作者不能直接进入文本表达意见。是叙述者吗？力求反映真实生活的叙述者不会对这件事做出超出儿童理解能力的判断。那么只有人物自己才能对这个事件发声了，而且这种感受也只有人物自己才能感觉到，作者和叙述者都是感觉不到的。如果将第一个"是"看作自由直接引语的话也没问题，"我"完全可以点头表示同意，"是"可以成为"我"的心理活动。第一个"是"作如此解释的话，后边几个"是"也可以作如是说，这句"我们的肯定并不是肯定起飞这件事，而是肯定阿姨念的那个字确实读'是'"也可以看作人物的内心独白。人物抢夺叙述者的话语权一旦上瘾，就会不断地抢夺，甚至有把叙述者挤到台后的趋势。

王朔在《看上去很美》的自序中说：

> 也还允许回忆，但这回忆须服从虚构的安排，当引申处则引申，当扭转时则扭转，不吝赋予新意义，不惜强加新诠释。讲通顺，讲跌宕，讲面面俱到，讲柳暗花明。草蛇灰线，因果循循。于是没听说过的人出现了，没干过的事发生了。平淡如水的日常生活铺垫为步步玄机，漫无边际的人生百态勾连成完整戏剧。①

人物被创造之后就有了自身的逻辑。除非是从一开始就知道自己要写什么并且列了提纲的作者才能够在写作中严格坚持自己的写作意图，否则就算是《三国演义》和《红楼梦》这样经过无数作家修改过的文本，作者也免不了被故事中人物的逻辑影响。在《看上去很美》中，作者必须进入孩子的视角来观察、思考事物，一旦出现一个高于人物的更加成熟理性的叙述者，人物天真可爱的性格和故事的滑稽性就会被消灭。在大部分成熟的叙述者看来，

① 王朔.看上去很美.北京：北京十月文艺出版社，2016：7.

儿童时代的事情是不值一提、幼稚或者说难以启齿的（比如尿床），如果叙述者不让位给人物，不用充满童趣的眼光写作的话，那《看上去很美》就会变成一部悲剧小说，它的价值就要大打折扣。因此，叙述者被抢夺了话语权之后，一定程度上就失去了对文本的控制，文本就变得不再可靠。由此可以得出一个结论，不仅隐含作者和隐含读者的秘密交流可以绕过叙述者，文本中的人物也可以明目张胆地抢夺叙述者的话语权，叙述者的位置就变得更加尴尬了。

（三）开放形式：没有结束的结尾

王朔常说自己的文风非常油滑。他不承认自己的小说是痞子文学，但承认自己的文风过于油滑，这种油滑不仅表现为他小说人物如马青、杨重、方言之流在口语上的油腔滑调，而且体现在他经常将小说的叙述者放在一个不可靠的位置上。王朔的写作涉及的方面都比较敏感，《看上去很美》涉及"文革"，《一半是火焰 一半是海水》涉及诱奸、诈骗等违法犯罪的事，《顽主》调侃的是当时年轻人荒诞的精神状态。读者在阅读这些小说的时候经常会把小说中的人物和事件与作家本人联系起来，甚至认为小说中发生的事情都是作家的亲身经历。王朔既不愿意得罪读者，又不愿意将这些事情往身上揽，所以才采用了这种方式。不可靠叙述对王朔来说并不是有意为之的，而是他为了洗脱自己无意中造成的效果。

开放形式是因叙述者极其不可靠而产生的一种叙事形式，它主要表现为小说的结尾是戛然而止的，不交代情节最后的结果和人物最后的归宿。开放形式代表着没有尽头的反讽，它将反讽的结果交给读者，让读者来决定反讽的对象和反讽的程度，如《各执一词》的结尾：

19. 大顶子区人民法院刑庭庭长：

现在开始宣判……①

到底是怎么判的，吴志军和郑立平到底被判无罪还是被判了几年，他的父母、老师、同学要不要承担连带责任？这些疑问的答案叙述者都没有揭露，读者也不能靠文本自己推测出来，叙述者的态度在这里是零，仅在最后第 18 小节才有所表露。第 18 小节里，对于吴志军流氓案，被告的律师在听取了公诉人对被告的诉讼后，对公诉人提出了两个问题：第一，被告是否曾进行流氓犯罪活动并使李飞飞痛不欲生？第二，李飞飞之死是否与被告的行为有刑法上的因果关系？这两个问题的提出对于推测隐含作者的态度是很重要的。前文几乎都是客观的人物叙述，只有在这里叙述者才不小心露出了马脚，这个马脚就是一向待她粗暴的母亲和对老师根深蒂固的恐惧才使李飞飞决意去死。第 18 小节是隐含作者对底本的选择性呈现，省略公诉人的发言而只留下被告辩护律师的辩词的理由就呼之欲出了。

又如《给我顶住》：

> 列车开动了，渐渐驶离繁华庞杂的城市，旷野的风从窗口猛烈地吹进来。
>
> 我站起来，提着包挤过一节节挤满旅客的车厢，来到车长办公席，掏出钱说："补票。"
>
> "到哪儿？"年轻的女车长抬头问。
>
> "终点。"我说，"你们这趟车的终点是哪儿？"②

《给我顶住》也是一部情节奇特的小说。小说以人物的内视角展开，一开始读者会以为这是一个普通的家庭伦理故事，夫妻二

---

① 王朔. 谁比谁傻多少. 北京：北京十月文艺出版社，2016：266.

② 王朔. 动物凶猛. 北京：北京十月文艺出版社，2016：61.

人因为妻子出轨然后离婚，但是读者读着读着会发现重合的线索越来越多，最后猛然意识到这居然是身为丈夫的方言为妻子下的套，为的就是逼迫妻子和他离婚。如果读者在这里认为方言是为了和赵蕾在一起，那就又被叙述者耍了一道，方言一身轻松之后就"颠了"，给赵蕾许了个空头支票之后就坐上火车消失了。方言去哪了，谁也不知道，方言没有结局，整部小说就像一部荒诞的戏剧一样。方言追求的真的是自由，还是什么更高尚的理想？因为什么他只能一个人去做？这种叙述者太不可靠了，他什么都不说，读者也猜不出来，方言到底去了哪成了小说的未解之谜。更可气的是，王朔似乎对这种不可靠的叙述有自己的一套说法：

> 我的一篇小说后面没有结尾。他[秦兆阳]说这个主人公总要有归宿呀，而我的人物没归宿，只写了他那点事，写完就完了，我哪知道他的归宿，动笔时就不知道，完稿时也没想出归宿。秦兆阳说这样可不行，你这个人物要升华，要给人以意义什么的……而实际上我的生活经历中没有那东西，没升华这回事。①

王朔也承认自己早期小说的观念有错误的地方，那时候他还不知道"艺术的真实"是什么，总以为小说就是虚构，就是胡编乱造，而王朔自己也在一直往前奔跑，看不到生活的尽头，所以他认为结局并不重要。《给我顶住》这篇小说成篇于王朔的第三个创作阶段，这是王朔由调侃转入深沉的阶段，也是王朔从关注社会转向关注中年危机、家庭、婚姻生活的阶段。这一阶段的王朔依旧延续了《动物凶猛》《各执一词》《玩的就是心跳》《顽主》等前几篇小说作品中的开放形式。《动物凶猛》里，读者也不知道主人公最后是被救了还是淹死了，是继续当坏学生还是改邪归正了；

---

① 王朔，老侠.美人赠我蒙汗药.武汉：长江文艺出版社，2000：2.

《玩的就是心跳》的末尾更加决绝："我合上了这本只看了三分之一的书，被我翻弄过的页码和未打开的页码黑白分明。"[1]这句话直接把所有猜测的路都堵死了，一部长篇小说到了末尾，叙述者告诉读者说这本小说中的故事都是他从一本书上读到的，和他本人没有关系，他只是转述者，更贴切地说是誊抄者。隐含作者在这里做了叙述者的帮凶，他将剩下的故事留在了另外的三分之二中，高洋最后是否被抓，方言知道真相之后会不会帮他们隐瞒这个事实而自己去顶罪？故事结局的无数种可能被永远留在了时间的迷雾里。

开放形式本身就带有设置悬念的效果，尤其体现在王朔的侦探小说系列里。《人莫予毒》里，白丽为了复仇，从一个被害人变成了加害人，她让刘志彬自杀，条件是允诺赡养他的父母，她撒谎说自己给邢邱林吃的是老鼠药，才导致邢邱林跳楼。她用自己的智慧报了侮辱之仇，没有留下什么证据，即便老单的录音笔也没有录下什么可以直接判她罪名的证据。不可靠的叙述者在这里又给读者留下了一个悬念，即白丽会不会得到惩罚，白丽应不应该得到惩罚？故事到这里就戛然而止了，但是其实远远没有结束。《枉然不供》里，不管曲强和单立人摆出多少证据，李建平依旧坚持自己没有杀人，就算死也是冤死的。叙述者在这里又不交代李建平的结局，而是以一个场景描写结束全篇，让整部小说疑窦丛生。《无情的雨夜》更是让一桩案子成了死账坏账，最后以周姒退出舞台告终。令人悲哀的是，周姒退出舞台之后团里的年轻人对她不再抱怨，还嘘寒问暖，她的家人也变得十分满意。在这三部侦探小说里，主人公都是第三人称的警官单立人，叙述者的存在不如《各执一词》里的明显，读者要从人物的对话和动作中才能推测叙述者的态度。但是这三部小说和《各执一词》一样，是一场隐

---

[1] 王朔. 玩的就是心跳. 北京: 北京十月文艺出版社, 2016: 250.

含作者与叙述者的同谋，他们或是出于对人物的同情，或是出于对自己的推理过程的不自信，所以决定只描述侦探的情节，不描述案件的结尾。

总而言之，不可靠叙述是对叙述者窘迫处境的一种形容，慢慢地就发展成了一种小说家自觉运用的叙述手段。本节分析论证了王朔小说中不可靠叙述的三种情况，分别是回忆的不可靠、人物的抢夺话语权和开放的结尾。有些情况是王朔故意为之的，为的是洗脱可能在现实中受到的指责；有些则是王朔不自觉运用的，一方面是因为要描写的人物个性色彩过于强烈，另一方面和转述语的特殊形式有关。

第四章

王朔小说的叙述动作反讽

第一节　显在叙述者和隐在叙述者的反讽

只有在虚构的书面叙述中才有可能区分叙述者。口头叙述如中国古代的"平话""话本"的叙述者就是说书的人；而非虚构的书面叙述如新闻、报告文学的叙述者是记者和报告人。只有虚构的书面叙述如小说、电影的叙述者是与作者区分开的，作者必须塑造一个叙述者来代替他对故事进行叙述，作者不通过叙述者是不能直接在文本中说话的。

叙述者在虚构性作品中的地位如此重要，赵毅衡认为叙述者比作者的自身存在更为切实，甚至比作者更值得花功夫去理解。[①]理解虚构性书面叙述的一个关键点就是要理解叙述者既是叙述的叙述者，又是被叙述出来的叙述者。叙述的叙述者比较好理解，被叙述出来的叙述者则比较难理解，笔者认为被叙述出来的叙述者应该是指，当读者阅读叙述干预或叙述者出现得比较明显的段落时，能够从这段叙述中感觉到叙述者的存在。

叙述者是小说文本叙述的主要承担者，是直接传达叙述信息的人，一个故事可以没有受述者（比如自言自语中，受述者就是叙述者自己），但是不能没有叙述者。叙述者不是完全自由的，既要受隐含读者的指派，又要受人物对他话语权的抢夺，所以比较强势的叙述者就会显示出他对整个文本的影响。这种影响有些是对故事中事件的评论，有些是对故事真实性的赌咒发誓，有些是对故事时间快慢进行的强硬的调节。相对弱势的叙述者会隐入幕

---

① 赵毅衡.苦恼的叙述者.成都：四川文艺出版社，2013：4.

后，出于某些原因不愿意出面对小说进行干预。然而，一般小说中最多的还是半隐半显的叙述者，叙述者只需要在必要的时候干预故事的进行，稍稍拉开叙事的距离，给读者提供一个想象和思考的间歇。

（一）作为基础性存在的叙述者

叙述者在叙述活动中是一种基础性的存在，无论是在故事层还是在话语层，叙述者都是必不可少的参与者。前三章的分析中，已经或多或少地牵涉到一些叙述者在这两个层面起的作用，但是叙述者不是主要研究对象。作为故事的讲述者，叙述者首先要让读者相信这个故事，由此他就必须在故事中加入与现实生活相似的环境描写，或是从故事亲历者的视角对故事进行讲述。总之，本节会对叙述者进行专门讨论，还会牵涉到受述者、隐含作者、隐含读者等各方面，这也是为了凸显叙述者的地位之重要。

因为叙述者是叙事活动中必不可少的一环，所以他几乎和所有的叙事要素都有关系。首先，叙事逼真性的强弱一定程度上取决于叙述者的性格是否可信。要体现出叙述者的性格，那么叙述者必然走到台前向读者展示自己的性格，如《动物凶猛》的开头：

> 在我三十岁后，我过上了倾心已久的体面生活。我的努力得到了报答。我在人前塑造了一个清楚的形象，这形象连我自己都为之着迷和惊叹，不论人们喜爱还是憎恶都正中我的下怀。如果说开初还多少是个自然的形象，那么在最终确立它的过程中我受到了多种复杂心态的左右。我可以无视憎恶者的发作并更加执拗同时暗自称快，但我无法辜负喜好者的期望和嘉勉，如同水变成啤酒最后又变成醋。

我想我应该老实一点。①

　　那么，叙述者的可靠与不可靠是否可以作为判断叙述者的标准呢？笔者认为这二者之间没有必然的关系。叙述者"我"在这里用"无法辜负""老实一点"这些积极诚恳的词在读者面前塑造了一个老实巴交、掏心掏肺的叙述者形象，目的就是让读者相信他所叙述的事情是真实的。但事实是叙述者意图靠这种假装的诚实欺骗读者，通过后文我们能够判断这篇小说中的叙述者是不可靠叙述者。因此，显在的叙述者也不都是可靠的，有些叙述者就是通过"我发誓我说的是真的""我敢保证"等赌咒发誓的词语来博取读者的信任，嘴上说是真的，但是实际是假的。这里叙述者其实就是在反讽读者，让那些想当然以为作家创作出来的故事就是自己的真实经历的读者掉入叙述的陷阱中。将虚构当作真实的后果之一就是被"涮"一道，这也是王朔被很多读者厌弃的原因之一。

　　其次，在四种转述语中，有三种与叙述者有关，唯一一种不受叙述者控制的就是自由直接引语，如《空中小姐》中：

　　　　"为什么我觉得你好像是另外一个人呢？"
　　　　这真叫人恶心！
　　　　"这么说，还有一个长得和我很像的人喽。"
　　　　"别开玩笑，跟你说正经的呢。你跟过去大不一样"②

　　按照说话的次序，在王眉说完之后就是"我"说话了，但是忽然插入了一个人物即时的内心独白，这一句话和叙述者的本意是不同的，自由直接引语后面这句话才符合叙述者本意。人物的反

① 王朔.动物凶猛.北京：北京十月文艺出版社，2016：67-68.
② 王朔.一半是火焰　一半是海水.北京：北京十月文艺出版社，2016：18.下画线为笔者所加，该句为自由直接引语。

抗意识在这里就体现出来了，任你叙述者多想谱写甜蜜的爱情，但当"我"觉得不合适的时候就必须表现出来。除了自由直接引语外，其他三种转述语中叙述者都是半隐半显的，半隐半显的叙述者表现出的是叙述者和人物的合力，是双方妥协的结果，目的是保证小说文本叙述的流畅。

再次，全知视角被认为是叙述者出场时最明显的显现（与其他三种视角相比），在全知视角中叙述者可以很轻易地道出所有不能被轻易知道的隐秘，这个时候读者就能轻易地感觉到叙述者的存在。在《顽主》中，叙述者的描写从于观和宝康的场景，跳到杨重和刘美萍的场景，又跳到马青和少妇的场景，若非场景之外的叙述者，没人拥有这种随时转换场景的能力，所有的人物只知道发生在自己这个场景里的事件，而叙述者就像摄像机的镜头，有三个场景就要有三个不同的镜头，在场景的跳跃和变换中就将自己突显出来了。

除了这些基本视角，还有一些特殊视角，如《看上去很美》中的孩子式视角，这种视角中的叙述者必须把自己的感知降级到适合视角人物的年龄层次，这样看起来叙述者和人物就合二为一了，至少在《麦田里的守望者》里是这样的，方方的《风景》中也是如此。在王安忆的《纪实与虚构》中，读者却能明显感觉到叙述者和人物的区分，因为王安忆经常用"孩子我"这种称呼，这种称呼既有第三人称的全知视角，又有第一人称的回忆性叙事。《看上去很美》也兼具这两种效果。这就给了叙述者很大的自由空间，他不必再被囿于以往小说中那种以第一人称"我"一路到底的叙述和以第三人称的"他"一路到底的叙述。这种情况还能创造出一种若即若离的关系，这种关系既是隐含作者和叙述者之间的，也是叙述者和受述者之间的，还有可能是隐含作者和隐含读者之间的。

最后，时序也能在一定程度上帮助判断叙述者的隐或显。倒叙形式的小说一定有"以前""过去""我常常想起"等明显带有拨动时钟指针功能的引导句，例如王朔的《动物凶猛》中"七十年代中期，这个城市还没有那么多的汽车和豪华饭店、商场，也没有那么多的人"①，《许爷》中"我再次见到许立宇时已经是八十年代中期了"②。当这种引导句出现时，读者就会发现那只拨动时间的手，意识到接下来的故事都是对以前发生的事件的一种叙述。这种情况尤其在第一人称回顾性叙事中居多。

但是，时间概述最能突显叙述者的存在。若概述的故事时间远远长于话语时间，像"十年之后""结束了漫长的旅程之后"，那就说明概述表现出叙述者在时间选择上的自由。这里叙述者发出了比较强烈的声音，只说自己想说的，有意识地略过与该书无关的部分，或是不愿意叙述的部分。除了一般性的概述，还有一种概述发生在对某一个人物及其背景的浓缩介绍上，如《过把瘾就死》中：

> 杜梅就像一件兵器，一柄关羽关老爷手中的那种极为华丽锋利无比的大刀——这是她给我留下的难以磨灭的印象。③

这段话是小说开篇第一句话，之后叙述者口中关于杜梅的所有事情都与"锋利""过激"相关，比如杜梅用绳子绑着"我"并且用刀逼问"我"到底爱不爱她，杜梅骑自行车的时候"像是波涛掀起的一朵浪花，失去控制地向前急急奔去，只待在空中或撞上什么坚硬的东西顷刻粉碎，化为乌有，方才甘心"④。由此可以得知，这种概述其实更能体现叙述者的强势，叙述者从一开始就已经确定好了人物所有的背景和经历。

---

① 王朔.动物凶猛.北京：北京十月文艺出版社，2016：69.
② 王朔.动物凶猛.北京：北京十月文艺出版社，2016：234.
③ 王朔.过把瘾就死.北京：北京十月文艺出版社，2016：167.
④ 王朔.过把瘾就死.北京：北京十月文艺出版社，2016：278-279.

（二）显在叙述者的最弱标志：环境描写

区别显在叙述者和隐在叙述者显然是有必要的，我们需要对区别的两端做出规定。显在叙述者最强的标志是叙述干预，这是几乎所有认真阅读文本的读者都能发现的；显在叙述者最弱的标志是环境描写，因为这相对于人物的话语来说没有那么突出。这里所说的环境描写是指构成独立景物的一段文字，而不是由故事中某一个人物偶然看见的场景，如《给我顶住》里：

> 待载有赵蕾的那辆公共汽车在街角拐弯消逝后，我又慢慢踱回那汽车站，挤上一辆刚进站的公共汽车继续按原路线前行。①

这一段话就不能算作环境描写，它只是主人公碰巧看见的东西，汽车、汽车站不是被宣称出来的，而是由于其特殊的物质性间接地在环境中找到了自己的位置。它们不是独立的，还明显带有人物的主体性，叙述者的位置则很难在其中确切地找到。

叙述者的公开现身是为了向受述者直接传达后者需要知道的背景知识，这种描写是精确的、独立的。我们来看下面两段引自《空中小姐》的话：

> A：看那些银光闪闪的飞机，像一柄柄有力的投枪，直刺蔚蓝色的、一碧如洗的天空。候机楼高大敞亮，窗外阳光灿烂。当一位体态轻盈的空中小姐穿过川流的人群，带着晴朗的高空气息向我走来时，尽管我定睛凝视，除了只看到道道阳光在她美丽的脸上流溢；看到她通体耀眼的天蓝色制服——我几乎什么也没看到。②

---

① 王朔. 动物凶猛. 北京：北京十月文艺出版社，2016：61.
② 王朔. 一半是火焰　一半是海水. 北京：北京十月文艺出版社，2016：7.

B：空中气象万千的景色把我吸引住了。有没有乘船的感觉呢？有点。不断运动、变化的云烟使人有飞机不动的感觉——同驶在海洋里的感觉一样。但海上没有这么单调、荒凉。翱翔的海鸟，跃起的鱼群，使你无时无刻不感到同活跃的生物界的联系。空中的寂寥、清静则使人实在有几分凄凉。①

A、B两段话中的"蔚蓝色的""天蓝色制服""乘船""驶在海洋里"都和海军关系很大，这和叙述者的海军经历是分不开的。《空中小姐》几乎全篇都是对主人公在离开海军部队进入社会生活后的挣扎所做的叙述，爱情的挣扎只是挣扎的一个方面，我们完全可以感觉到主人公在整个现实生活中的挣扎。对环境的描写越准确，叙述者的公开性就越强，不是人物自愿想起这些往事，而是叙述者在描绘景物时逼迫人物不得不往这方面去想。其实这两段环境描写并不算叙述者特别突出的，这两段环境描写与叙述者和人物都有关系，真正独立的环境描写只在王朔的小说中偶尔出现，如《你不是一个俗人》中：

早晨，大雨瓢泼，屋里昏暗得如同黄昏，一声炸雷，闪电贯穿长空。正在昏睡的于观蓦地惊醒，惊恐地张望了一下四周，又沉沉睡去，他脸上布满倦容。②

这一段环境描写是证明叙述者存在的最好例子。于观正在沉睡，不可能看到"大雨瓢泼"和屋内的情景，"闪电贯穿长空"也发生在于观醒来之前，其他的人物都站在屋子外边，所以这时候只有叙述者站在于观身边，才能对于观所处的环境进行描写。叙述者描写了一种昏暗、压抑而且有点恐怖的氛围，暗示了即使于观睡着了，他的梦境一定也不平静。又如《懵然无知》中：

① 王朔.一半是火焰　一半是海水.北京：北京十月文艺出版社，2016：14.
② 王朔.动物凶猛.北京：北京十月文艺出版社，2016：219.

一望可知，这是那种托了熟人走了关系愣充门面的招待会。专供国宾出入的富丽堂皇的大厅挤满文质彬彬面带菜色的男女知识分子。很多人的行头不齐，譬如西服虽很笔挺但领带却又艳又俗；女士穿了贵重的长裙脖子上的项链却是假珠子。①

叙述者在这里做了一回旁观者，在进行环境描写的时候就已经把整个假象给揭开了。这是一个愣充门面的招待会，与会人员行头都不齐，女士们戴的都是假珠子，李东宝和戈玲就像两只小白兔一样落入了假何必的陷阱，平时以人精自居的两位《人间指南》杂志的编辑，这次却被人家给"涮"了，最后还要请他们平时最看不起的老陈出面解决问题。这对两位年轻人来说是一个很大的打击，却也是叙述者对他们的反讽，反讽他们平时在编辑部充当诸葛亮，现在居然连这种假象也拆不穿。

王朔小说中环境描写的作用也分几种，其一为单纯的环境描写，这在王朔前期的小说中非常常见。这类环境描写的突出特征是描写和文本其他要素不搭，属于叙述者硬插的叙事背景，如《空中小姐》中：

C：民航疗养院坐落在风景区九溪口，倚屏风山，临钱塘江，清晨凭窗便可见悠悠江水东去。沿九溪路向山里逶迤行去，溪水潺潺，竹林修茂，山坡俱是郁郁葱葱的茶园。②

D：梅雨季节到了，春水泛滥，道路、小桥都被涨满的溪水淹没。屏风山终日锁在烟雨朦胧中，织锦般的油菜花也大片浸在碧汪汪的水中。笔直、美丽的水杉林，绿荫初张的梧桐树都是翠生生、湿淋淋的。即使空中有云无雨，林中树下也无时不飘萦着细密的水丝、氤氲的雾气。③

---

① 王朔. 谁比谁傻多少. 北京：北京十月文艺出版社，2016：101.
② 王朔. 一半是火焰　一半是海水. 北京：北京十月文艺出版社，2016：27.
③ 王朔. 一半是火焰　一半是海水. 北京：北京十月文艺出版社，2016：33.

C段出现得非常奇怪，为什么要先对民航疗养院周围的环境来此一笔？如果是为了空间的转换，那么主人公应该比这段环境描写出现得要早，但在文中主人公的出现时间却晚于环境描写的时间，那么这一段景物是谁看见的？只能是叙述者，叙述者早就想好了民航疗养院该是怎么样的，于是就细致地描写了出来。将C段放在人物去杭州之前是叙述者暴露的一大主因，人物都还没到民航疗养院，读者已经将那里的景色尽收眼底，这就与D段不同。D段可以被看作人物对环境的观察，因为人物已经出现在那里并且待了很久了，要说D段中体现了多少叙述者的成分还是难以下定论的，因此完全可以将该段看作人物对整个场景的一个缩写。

其二，王朔小说中的环境描写还有体现主人公心情和烘托氛围的作用。读者是不能直接感受到小说中人物的心情的，只有叙述者进入人物的内心并且将人物的内心转述出来，读者才能知道人物当时的心情如何。我们来看下面三个例子：

E：我一路乘船、火车回家。穿过了广袤的国土。看到了稻田、鱼塘、水渠、绿树掩映下粉墙绰约的村镇组成的田园风光；看到了一个接一个嘈杂拥挤、浓烟滚滚的工业城市；看到了连绵起伏的著名山脉，蜿蜒数千公里的壮丽大川；看到了成千上万、随处可遇的开朗的女孩子。[①]

F：雨过天晴，碧空如洗，天空出现一弯巨大的色泽动人的彩虹。
那年秋天没再下一场雨，日日晴朗，是我记忆里最宜人的秋天之一。街上十分美丽，树叶变得五色斑驳，晚菊在路边的花坛里成丛地怒放，到处挤满购物的人群，各个衣鲜发亮神态

---

① 王朔.一半是火焰　一半是海水.北京：北京十月文艺出版社，2016：252.

安适优哉游哉。①

  G：我沿着一扇扇窗前的杨树林走。银光闪闪的杨树叶在我头顶倾泻小雨般地沙沙响，透出蒙蒙灯光的窗内人语呢喃，脚下长满青苔的土地踩上去滑溜溜的，我的脚步悄无声息。前面大殿的屋脊上，一只黑猫蹑手蹑脚地走过。②

  这三例分别取自王朔的三部小说。E取自《一半是火焰　一半是海水》。张明用自己的方式将两名强奸胡亦的假作家送入公安局后，在回去的火车上看到的是这样一幅充满希望、轻松活泼的风景画。要知道，张明是为了逃避吴迪死后在他内心留下的巨大阴影而南下旅游，去的时候心情还是沉重的，回来的时候整个人换了一副精神状态，特别是最后一句话"看到了成千上万、随处可遇的开朗的女孩子"更是叙述者对人物视角的干扰。这句话类似于"明天会更好"这样的结尾句，有意识地对作品的主题进行升华。景物那么多，为何偏偏要选"女孩子"来作为结尾？看过故事的读者都可以明白。

  F取自《给我顶住》，这是一部主旨特别奇特的小说。从道德的角度看，这是一部令人恶心的家庭伦理剧，作为妻子的周瑾是最大的受害者。主人公方言对平庸的现实生活充满厌倦，因此想出了一个可以追求自由的办法。但是王朔不说主人公最后追求的是什么，所以这部小说的主旨也就像主人公最后的归宿一样扑朔迷离，荒诞离奇。F节选自周瑾被发现出轨之后方言对身边环境的感知，这种轻松快乐的氛围既正常又不正常。正常的点在于，这一切本就是方言自己设置的一个圈套，事情的发展和结果是方言作为导演者一开始就能想到的，所以周瑾出轨的结果对方言并

---

① 王朔.动物凶猛.北京：北京十月文艺出版社，2016：50.
② 王朔.动物凶猛.北京：北京十月文艺出版社，2016：81.

没有太大影响，反倒是方言因为事情进展得非常顺利而对周围的一切感到轻松、舒适。

同时这又是不正常的，因为从后文中看得出来，方言对周瑾还是有爱的，也许这只是方言为了试探周瑾而设计的一场人性的考验，没想到周瑾真的出轨了，方言心里也很痛苦，所以F中的氛围对一个被背叛的丈夫来说是不合时宜的。但这是叙述者乐意见到的，叙述者只能按照既定的情节设计把这个故事讲下去。人物或许有痛苦的心理，但是如果叙述者让这种心理呈现在文本中，那整个故事的逻辑就崩溃了。《给我顶住》这部小说就会给人一种不知所云的感觉，所以叙述者必须强势地压住人物的内心情感，在情节的岔路口永远只选择和自己的本意一致的道路。

G取自《动物凶猛》。主人公趁父亲睡着时翻窗户去找自己的玩伴，因为怕被发现，才会蹑手蹑脚，对周围环境的感知非常敏锐。特别的是叙述者这里还使用了一个比喻，"我"就像屋脊上走过的猫一样，小心翼翼，悄无声息，这里叙述者的公开性就被明显地强调了。

不管怎么说，环境描写虽然是显在叙述者的标志，但却是最弱的标志，其实在阅读小说时，它们并不显眼，而且很难区分哪一句是人物自身的感觉，哪一句是叙述者在传达叙述信息。

（三）叙述者与受述者不对应带来的反讽

叙事活动本身就像一个回环型的结构，这个结构的中心是文本。与作者必然对应读者一样，隐含作者必然对应隐含读者，叙述者也必然对应受述者。最简单地，在约瑟夫·康拉德的《黑暗的心》中，船长马洛就是叙述者，因为所有的故事都是他一个人讲述的，其他的水手则是受述者，因为他们都是马洛故事的听众。这里还牵扯出受述者的范围问题，一个受述者必须在文本之内，文本之外的听众不能算作受述者。叙述者有三种类型，即显在叙述者、隐在叙述者、无叙述者；相对应地，受述者也有三种类型，即显在受述者、隐在受述者和无受述者。但叙述者和受述者的情况不是一一对应的，即若叙述者是显在的，受述者不一定是显在的，也可能是隐在的或根本不存在。

前文讨论了叙述者的可靠性问题，当隐含作者和隐含读者"合谋"时，叙述者就成了牺牲者，就成了反讽的对象。那么受述者是否存在可靠性的问题？答案是肯定的。正如叙述者可能是不可靠的一样，受述者也可能是不可靠的。受述者的不可靠更加靠近反讽本来的适用范围，第一章提到过，反讽本来就是作为叙述者的艾隆对作为受述者的阿拉宗的反讽，以阿拉宗的牺牲为标志。不可靠受述者的牺牲则是叙述者和隐含读者"合谋"的结果，如《许爷》中：

> 所以你可以得出结论：我决意告别放荡的生活不是出于顿悟、悔过，仅是一贯的自私个性必定使然。[1]

叙述者在唠唠叨叨说了一大堆自己的人生观之后，告诉受述者你们就这样以浅薄、鄙夷的眼光看"我"吧，"我"无所谓，说"我"自私还是其他的什么，"我"根本不在意，"我"只有一个要求，请千万不要相信"我"会顿悟、悔过，"我"就应该这样堕落下去。看上去，叙述者似乎得逞了，但是我们可以发现叙述者与隐含读者的秘密交流：

> 这种放荡的生活方式说起来，描绘在纸上是很有吸引力的，足令未曾涉足者目眩神往。而在真实过程中，兴奋、刺激以至快感都是转瞬即逝的，一天中这样的时刻累积起来也不

---

[1] 王朔. 动物凶猛. 北京：北京十月文艺出版社，2016：248.

会超过十分钟，剩下的二十三小时五十分钟，刨去睡眠、无知
觉的片刻和不动感情的交往，再加上不等时的闲适、惬意，仍
有数十倍于那有感觉的十分钟的时间内是无聊、空虚、极度的
怀疑和极度的迷惘。如同性高潮，愈是亢奋之后愈是疲惫和麻
木。如同醉酒，飘飘欲仙之后便是加倍的头疼、恶心和清醒。[1]

叙述者对人生有如此清醒的认识，所以不会像他在后面说的
那样，就算受述者将他理解成一个自私自利的人也无所谓，这是
因为他想说的话都已经和隐含读者交流过了，不愿意再和目光短
浅、凡事都把人往狭隘处想的受述者解释太多。受述者在这里是
被讽刺的对象，毋庸置疑，他是不可靠的。这种情况突出了受述
者的中介作用，以往这是经常被忽略的部分。但中介作用在可靠
情境下也可得以发挥，那就是受述者对叙述者的观点也表示赞
同、默认，这表明受述者和叙述者异体同心，除非文本中有交代
受述者是个特别容易受骗的人，或是读者感觉到受述者容易上当
受骗。

由于王朔自身的反叛性和他话语中的反讽性，有时候其小说
中的受述者不是十分确定，这又要分两种情况。其一，择出自己
也择出他人。王朔常称自己是一个在写作上有天赋的人，这种天
赋在他看来就是既能够满足读者批判的需要，又不会触及太多政
治上敏感的神经，在刀尖上跳舞才能显出舞者的技艺之高超。但
王朔在随笔和采访录里的形象与在小说里的形象非常不同。在随
笔和采访录里，王朔表现得非常激烈和强势，他曾在一篇采访录
里用最下流的脏话骂知识分子，也曾在《新狂人日记》里记录下他
和网友们无休止的口水仗，在网上流传的几段影音采访也全是脏
话连篇的对作家、导演的辱骂，似乎王朔已经被现代媒体塑造成
了反人类、反社会型人格的代表。

---

[1]　王朔.动物凶猛.北京:北京十月文艺出版社，2016：247.

为了使这种锋利尖刻的语言不至于引起读者的强烈反感，王朔的大多数小说都以第一人称回顾性视角展开，在第三章第一节中，我们已经发现王朔小说经常反复使用这种视角。第一人称回顾性视角主要是用来讲述主人公看到、听到的事物，代表性小说如《动物凶猛》《许爷》《玩的就是心跳》《一点正经没有》等。这些小说把视角限制到主人公的身上，叙述者有时会跳出来评论一段，但是受述者却没有出现，似乎隐含读者和受述者融为一体了。隐含读者是叙述者无权批评或者表扬的，所以读者无论读到多么尖刻的句子都不会往自己身上套，就如《动物凶猛》中的这段话：

> 我感激我所处的那个年代，在那个年代学生获得了空前的解放，不必学习那些后来注定要忘掉的无用的知识。我很同情现在的学生，他们即便认识到他们是在浪费青春也无计可施。我至今坚持认为人们之所以强迫年轻人读书并以光明的前途诱惑他们，仅仅是为了不让他们到街头闹事。①

叙述者出来说话了，那叙述者是对谁说的呢？好像也没有特意对谁说，似乎只是叙述者的自言自语。学生读到这段话时会觉得与叙述者产生共鸣，王朔同龄人会泛起沉寂多年的记忆和感情，知识分子会对叙述者这一副腔调表示可惜但可以理解，那个年代几乎都是这样。即便是最反感这种论调的教育家看到这一段话时也无可奈何，因为叙述者并没有指明受述者，就算后者想反击也只能站在间接的立场上反驳。

其二，拒绝与任何人交流。在《我的千岁寒》《能断金刚般若波罗蜜多经》《唯物论史纲》中，这一特征最为明显。这三部小说其实不能被称作小说，应该属于"前小说"②。小说中作家拒绝讲述

① 王朔. 动物凶猛. 北京：北京十月文艺出版社，2016：70.
② "前小说"指的是在小说完成之前作家脑中对小说的构思，其特征是语序混乱且缺乏逻辑，难以被读者理解。

任何故事，只记录了自己的思维对阅读到的《六祖坛经》和《能断金刚般若波罗蜜多经》的直接反映，读者读来没有逻辑。因为太靠近作者的缘故，叙述者和作者几乎不能分开，也因为内容实在难懂，叙述者不打算和任何受述者交流，只将小说作为自己当时思想的记录。这也和王朔当时的思想境况有关，在《我是谁》中王朔对"我是谁"产生了深深的怀疑："后来仗没打起来，我被解散了，回北京，流落市井，沾染习气，成了痞子——我他妈忘了我是谁了！我以为我是作家呢，我以为我是知识分子呢，我以为我是新贵呢，我以为我是流氓呢，我以为我是名人呢——操他妈名人！我跟你们混，我比你们混得好，跟你们混得一样，我跟你们比这比那，我真拿你们当亲人了！"[①]这一段激烈至极的话和《我的千岁寒》这部小说彪悍至极的风格相呼应，以前非常注意吸引读者的王朔这一次出现了反叛的倾向。在这两部小说中，他不再为读者而写，而为了心中那一种微渺的希望而写，至于这一种希望是什么，只有王朔本人才知道。

第二节　叙事媒介带来的不定性反讽

《世界诗学大辞典》中对不确定性是这样解释的：不确定性（Unbestimmtheit）是现象学文艺理论术语。[②]波兰文论家罗曼·英伽登提出，一部文学艺术作品在描写某个对象或对象的环境时，无法通过有限的词句把对象及其环境无限丰富的性质完全表现出来，每一件事物，每一个人物，尤其是事物的发展和人物的命运，

---

① 王朔.我的千岁寒.北京：北京十月文艺出版社，2016：2.
② 乐黛云，叶朗，倪培耕.世界诗学大辞典.沈阳：春风文艺出版社，1993：46.

永远不能通过语言的描写得到全面的确定。①

　　此外，从艺术结构上考虑，必须对对象的某些重要特征加以详细的描写，而另一些不甚重要的则必须省略或仅仅稍加介绍。因此，在每一部文学作品中都存在着大量不确定性。②在知道了不确定性的定义之后，我们何以将文本的不确定性这个概念引入叙事学的领域呢？就像热奈特说的："在文学叙事，特别是虚构叙事的领域中，文本分析是我们掌握的唯一研究工具。"③既然文本分析是叙事学的唯一研究工具，那么叙事文本的不确定性就存在于叙事学研究的领域。而因为叙事方式的不同，叙事媒介之间的确定性和不确定性有时可以互补。如小说没有交代人物的结局，但是电影交代了；小说没有对人物的外貌服装进行描写，电影却启用了特别的演员或设计了特别的服装造型将人物表现出来。但是电影的细节也不是永远都能比小说丰富，小说中的某些细节在电影中也会被忽略，也会难以表现。所以，不确定性也并不是书面文本专有的，而是几乎所有叙事都存在的。本节不会对书面文本和电影之外的叙事进行讨论，之所以只讨论书面文本和电影的区别，是因为王朔的小说有很多都被改编成了电影，同时王朔的电影也对他的文本有反向的塑造作用。本节依旧立足王朔小说的文本，对比王朔小说改编的电影，力图找出书面文本叙事和电影叙事之间的"缝隙"。

（一）王朔的电影作为一种特殊叙事

　　热奈特对叙事做出了三个层面上的区分：第一层面是"所指"或叙述内容，他称之为故事；第二层面是"能指"或陈述，也就是

---

① 乐黛云，叶朗，倪培耕. 世界诗学大辞典. 沈阳：春风文艺出版社，1993：46.
② 乐黛云，叶朗，倪培耕. 世界诗学大辞典. 沈阳：春风文艺出版社，1993：46.
③ 热奈特. 叙事话语　新叙事话语. 王文融，译. 北京：中国社会科学出版社，1990：8.

现在意义上的话语层；第三层面是生产性叙述动作，以及推而广之，把该行为所处的或真或假的总情境称为叙述动作。[①]本书的第二章和第三章已经分别对王朔小说的故事和话语两个层面进行了一般性的叙事分析，第四章的第一节也对叙述动作的主要承担者——叙述者和受述者的或显或隐做了一定的分析，这一节我们将着重讨论书面文本叙事和电影叙事的区别与共同点。之所以要将这二者进行比较分析，首先是因为王朔小说的电影化和电视剧化的程度很高。

1988 年在电影界被称为"王朔年"不是没有道理的。1988 年以后，西安、北京、峨嵋、深圳四家电影制片厂和影业公司分别将《轮回》《一半是火焰　一半是海水》《顽主》《大喘气》改编为电影。在电影还是稀罕物的那个时代，一个作家能有如此多的作品被改编为电影是难以想象的，虽然阿城和铁凝在文坛上的名望都比王朔要高，同时期《棋王》在 1988 年被搬上了银幕，《哦，香雪》也在 1989 年被改编成了电影，但他们在作品电影化上的数量与王朔相比还是望尘莫及。1993 年《无人喝彩》上映，1994 年《永失我爱》上映，1994 年由姜文执导的《阳光灿烂的日子》让第一次拍电影的夏雨一举拿下了第 51 届威尼斯国际电影节的最佳男演员奖，这部电影 1996 年又拿下了第 33 届台湾电影金马奖的各类大奖。

之后，王朔又和导演冯小刚合作出品了 1997 年的《甲方乙方》（改编自《你不是一个俗人》）、2000 年的《冤家父子》（改编自《我是你爸爸》）和 2013 年的《私人订制》。除了这些，还有 2002 年张元执导的《我爱你》（改编自《过把瘾就死》）、2006 年张元执导的《看上去很美》（改编自《看上去很美》）、2006 年徐静蕾执导的《梦想照进现实》（剧本由王朔原创）等数十部电影。自己

---

① 热奈特.叙事话语　新叙事话语.王文融,译.北京:中国社会科学出版社,1990.

的小说被改编成电影，而且比例如此之高，王朔几乎是中国当代作家中首屈一指的人物。

为何王朔的小说被改编成电影的数量如此之多呢？这和两个方面有关。一方面，电影作为一种新兴的技术在"文革"结束之后得到了快速的发展，许多导演都通过电影来反映人们进入新时代后的生活。与文学上的反思和新写实思潮相似，电影也掀起了反对模式化创作的运动，许多电影以反映最普通民众的生活为宗旨。王朔的小说就恰恰迎合了这股潮流，小说中的人物都是生存在城市边缘的小人物，是最能体现城市青年生活的范本之一，所以王朔小说备受电影市场的青睐也不奇怪。另一方面，电影消费的受众主要是年轻人，而且是城市里的年轻人，在网络还没有普及的时候，能接触到电影、进电影院看电影的人大多是北京、上海等大城市的年轻人。相比于《五朵金花》《上甘岭》之类的电影，大多数年轻人喜欢看恋爱片、都市职场片，所以王朔小说在题材上已经和市场需求不谋而合了。

电影和小说的叙事既有共同点又有不同点。这里的电影和小说不是抽象意义上的叙事类别，而是特指某部小说和根据该小说文本改编成的电影。从共同点来看，小说和电影的叙事时间几乎不可能被打乱，小说是倒叙的，电影一般也是倒叙的，小说的视角是全知视角，电影往往不会从某一个人物的视角来拍。如果导演非要别出心裁，将倒叙的小说按照顺叙来拍，或是将全知视角限制到某一个人物的视角，当然可以，但那就是另外一种文本了，不能将其称为按照小说文本拍成的电影。电影导演对王朔小说改编了很多，但是几乎没有对小说叙事的故事层和话语层进行颠覆性的修改，他们大多在保持小说文本基本叙事模式的基础上增删情节。例如，《顽主》里增加的于观一伙人为了挣钱应聘演员而被车撞的情节；《我爱你》里出现了对"我"和贾玲的新关系的叙述；

《一半是火焰　一半是海水》的结局；《轮回》中石岜的自杀和石小岜的出生。

　　从不同点来看，电影的原创性最能体现小说叙事和电影叙事之间的缝隙，小说有小说的原创性，电影也有电影的原创性。原创性就是哈罗德·布鲁姆所说的陌生性。王朔的小说有两个原创性，其一是他调侃式的语言，其二是他塑造的都市边缘青年形象，这是以往作家的作品里没有的。小说的原创性已经出现并被读者接纳了，电影如果再次重复这种原创性也就不能被称为原创了，所以电影的原创性就体现在改编上。虽然王朔的调侃式语言非常出色，但是王朔在小说中过分注重说出的语言，而忽视了说出语言的人物、人物是在什么情况下说的这些话、有什么肢体动作，这是小说文本中没有表现出来的，而电影可以，如《浮出海面》中，石岜和于晶一起吃饭时聊到石岜的个体户身份：

　　　　"是不是该请我们穷学生吃几顿？"于晶故意打趣地说。
　　　　"你们别以为是个体户就趁钱。"我说，"我是贫寒的个体户，我们那个野公司吃饭都得抓阄。"①

　　从这段文本看，石岜说话非常滑稽，这是读者能够感觉到的，除此之外的信息读者也不知道了。但在电影里，石岜当时一个劲地埋头苦吃，像是几天没吃过饭一样，两个女孩都在看他吃，这种场景能够体现出的就不仅是石岜的滑稽，还有辛酸和无奈。一个整天大鱼大肉的人在饭桌上是不会胡吃海喝的，只会象征性地吃一点，因为他从来没饿过，只有吃了上顿没下顿的人才会拼命想多吃一点、吃饱一点，因为不知道下一餐在什么时候。

　　再如王朔小说中的都市青年，电影中的人物与文本中的人物

---

① 王朔.一半是火焰　一半是海水.北京：北京十月文艺出版社，2016：69.

也大不相同。在阅读文本时，我们不知道王朔小说中的人物的确切形象，只能靠想象大致形成一个模糊的形象。电影上映之后，《顽主》中张国立、葛优、梁天三个人饰演的角色给观众留下的印象很深刻，尤其是葛优，他后来又参演了多部王朔小说改编的电影和电视剧，如《甲方乙方》中的姚远、《编辑部的故事》中的李东宝，观众对王朔笔下的都市青年的形象就比较确定了。此外，其他人物基本上都是长得歪瓜裂枣，动作畏畏缩缩，嘴特能贫。王朔的小说文本给不了读者的具体的人物形象，只能由电影呈现给观众。

（二）人物和服装的不确定性

王朔小说中对人物的外貌描写得很少，一般一个名字就代表了整个人的形象，如方言、高晋、王眉、于晶。这些人物中，有些我们只知道他们大概的年龄，有些只知道他们的职业，在读者的心里他们都是一个群体或者一个时代的模糊的影子，对人物外貌描写得最细致的应该是《看上去很美》中对李阿姨的描写。这样细致精确的描写在王朔的小说中凤毛麟角，很多人在看了《你不是一个俗人》《顽主》《一点正经没有》后对于观、马青、杨重、丁小鲁等人依旧是一点印象也没有，只知道他们是 20 世纪 80 年代的青年男女，至于长什么样、爱穿什么衣服、言谈举止则一点也不知道。但是电影却无法回避这个问题，电影必须展示主人公的外貌、衣着、言谈举止等出现在镜头里的一切细节。好的电影是经得起反复观看的，因为它对镜头中的每一个细节都处理得非常到位，永远不会穿帮或是过时。

王朔小说改编的电影反向塑造了很多在小说中本无面目的人物。如电影《顽主》中的于观由张国立扮演，马青由梁天扮演，杨重由葛优扮演。一直以来，张国立的身上就有一股稳重的气质，放到哪里都像是举足轻重的人物，由他扮演于观十分合适，而且更能突出这样一种反差，那就是不是只有长得像痞子的人才会去做"三T"公司那些看似荒谬的生意，导演就是要打破这样一种思维定式——体制外的工作都是胡闹。相反，葛优和梁天饰演的杨重和马青则表现出了符合"顽主"的外形特征：梁天造型邋遢，两个眼角往下耷拉，一张阔嘴，一件穿大了的T恤，一条牛仔裤，任谁看都是一副在北京胡同里常见的无业青年的打扮；葛优虽然浓眉大眼的，但是头早已经秃了，只剩后脑勺一点儿，形象也不是很好。所以，这两名演员一出现，"顽主"的形象就让人印象深刻了。

要说人物塑造得最突出的还是《阳光灿烂的日子》。于北蓓像狐狸一样娇媚的脸在读者的想象中估计只能是狐狸的脸，读者是想不出人的脸怎么会长得像狐狸的。陶虹饰演的于北蓓一下子让观众了解了像狐狸一样娇媚的脸是怎么样的——丹凤眼、皮肤白皙、瓜子脸，看到这张脸的中年观众会一下子理解王朔书中对于北蓓的描写。而米兰"那种月亮形的明朗、光洁的少女"[①]又该是什么样的呢？原来就是宁静那样体格丰满、一笑一颦很纯净的少女。

除了少女，那一群处于青春期的男生也给人留下了很深的印象。在小说中人们更多地关注他们打架斗殴、生活混乱的一面，但到了电影里，活生生的形象一跃而出的时候，观众对人物忽然有了更多的喜爱和同情，尤其是对书中若有若无的青春的性萌动有了更多的理解。一群没有大人约束的孩子，生活在一个混乱的年代，在最是躁动的时候肆意生长，这种生命力是让人惊叹的。反观现在，青春期是家长约束最严格的时候，也是学业最繁重的时候，同时也是自我压抑最严重的时候，那种肆意生长的感觉是

---

① 王朔.动物凶猛.北京：北京十月文艺出版社，2016：69.

现在的孩子难以体会到的。夏雨扮演的马小军是最接近王朔想象的主人公，小小的个子、黑黑的皮肤，和女孩一起玩的时候很羞涩，和男孩一起玩的时候又因为胆子小、体格不够健壮，只能落在别人后边，别人拍完了砖头，他才敢上去发发狠。马小军这个电影人物带来的是一种青春感、自由感，同时也让观众更加理解《动物凶猛》的小说文本，理解那个年代少男少女的真实生活。

但是也不是所有电影的细节都能比文本丰富，比如上文引用的《看上去很美》中李阿姨的形象。在电影中，李阿姨没有穿白大褂，也没有穿走起来铿锵作响的铁掌皮鞋，而且长得也并没有特色，就是一个普通的阿姨，这不禁让满怀期待的读者很失望。李阿姨该是整个电影的笑点所在，她承担了保育院小孩们对妖怪的幻想、对特务的推测，不该是电影里平常的一个人。"糖包"阿姨由一个清秀的女孩子饰演，也看不出来一点特色，小说中的唐阿姨是一个肥胖而且迟钝的阿姨，因此方枪枪骂她的时候她才会特别愤怒。一般迟钝的人对周围的事物都不是很敏感，也正因为如此，这些人特别容易激动，自尊心很强。这种细节在电影中都没有体现，唐阿姨和李阿姨一样普通。所以，文本和电影哪个体现的细节多哪个体现的细节少是无法衡量的，有些文本看重的细节放在电影中无足轻重，所以被删去了。因此，我们只寻找两种叙事方式之间的"缝隙"，而不比较两种叙事方式的好坏，也没有互相比较的必要。

电影传达叙事信息的通道有两个：听觉和视觉。书面叙事只有视觉一条通道。王朔小说的语言很有特色，所以要参演王朔电影的演员必须都会说纯正的京片子。这里说的京片子不仅仅是由儿化音组成的发言，还需要和王朔同时期或是晚一点成长起来的北京地区的演员才能说出北京大院的味道，让一个广东人去拍王朔的片子只会让电影失败。这也是为什么王朔的电影演员都比较固定，因为文本的语言特色已经限定了电影的选角。相对于文本的对话，电影已经拓展了对话的表现方式，如小说《顽主》中人物对话的表情或肢体动作是读者看不到的，但是电影《顽主》中演员利用身体和周围的环境去演绎每一句台词：

> "请问，去扁壶胡同怎么走？"
>
> "扁壶胡同？"少女边迈着有弹性的大步走边皱起眉头寻思，"有这么个胡同吗？"
>
> "有，没错，我去过，可现在想不起来了。我只记得胡同门口有个包子铺。"
>
> "啊，那你往前走。"少女抬起头看了马青一眼，"前边过了红绿灯的第二个路口有个包子铺，不过我记不清那是不是扁壶胡同了，你到那再找人打听吧。"
>
> "谢谢，首都人真好。"①

这一段在小说文本中除了表示对赵尧舜的讽刺之外并没有其他突出的作用，但是电影中马青在问路的时候用的是河南或是陕西的方言，他假装是外省的乡下人，来北京之后迷路了，以此为借口向少女问路。这就增加了一层对北京人的反讽，在马青说"首都人真好"的时候，我们同时也意识到，赵尧舜不正是北京人吗？所以赵尧舜好吗？并不好。电影在这一情节上表达出的反讽完全超越了王朔的小说文本，进入了双重反讽之中。因此，再看电影时，观众一方面为马青的机智叫好，另一方面也加重了对赵尧舜的讽刺。由此我们也能看到听觉在电影和书面文本中的"缝隙"。

---

① 王朔.顽主.北京：北京十月文艺出版社，2016：44.

（三）情节的不确定性

王朔的电影比小说更有逻辑，这里将从两个方面来讨论王朔小说和电影情节之间的"缝隙"。一是情节的增加。在小说《顽主》中，马青假装替赵尧舜去约会少女，然后谎称替赵尧舜约好了少女，之后这个事件就没有后文了，赵尧舜说的话也体现不出有多大的讽刺意味。但是在电影《顽主》中增加了一个镜头，赵尧舜充满希望地在酒店门口等了少女很久，时不时还焦躁地看看手表，增加的这个镜头将反讽意味大大加强了。

又如在小说《过把瘾就死》中，王朔从没有交代主人公和贾玲的关系，主人公和贾玲的相识早于主人公和杜梅的相识，似乎主人公和贾玲还非常熟，潘佑军的女朋友做人流的时候主人公找的熟人就是贾玲，最后杜梅怀孕的事情也是贾玲在射击场告诉主人公的。主人公和贾玲到底是怎样的关系？由该小说改编的电影《我爱你》却交代了主人公和贾玲之间暧昧不清的关系，在主人公和杜梅结婚之后，贾玲还会在一起玩的时候偷偷亲吻主人公的嘴唇，这样逻辑就能理得清了。

也许是出于某种原因，小说的叙述者不愿意告诉读者主人公和贾玲之间暧昧不清的关系，在阅读小说的过程中读者往往有这样一种感觉——主人公是受害者，杜梅的性格奇怪又强势——并会对主人公产生同情，也许还会哀叹：如果是我，我就不会和杜梅结婚。但是电影《我爱你》给我们揭开了另一个人物的人性阴暗面，主人公和贾玲暧昧不清的关系其实就已经是对杜梅的一种背叛，这不禁让人想起小说《过把瘾就死》开头的那一段对话：

> 她躺下放心地睡觉。快入睡时仍闭着眼睛小声问："你觉得咱们这是爱情吗？"
>
> "应该算吧？我觉得算。"说完我看她一眼。

"反正我是拿你当了这一生中唯一的爱人。你要骗了我，
我只有一死。"

"怎么会呢？我是那种人吗？"我把一只手伸给她，她用
两只手抱着我那只手放在胸前孩子一样心满意足地睡了。[①]

这段感情从一开始就只有一方全身心投入，而另一方却只是
顺水推舟，所谓的爱情也就是情感爆发时候的如胶似漆。杜梅在
离婚之后也意识到了，不是他俩的感情当时到了非要结婚的地步，
只不过是她当时特别想要结婚。这是只有通过看电影才能得出的
结论，否则读者就会被小说中的第一人称叙述者所欺骗，认为主
人公不过是犯了点小错，完全是杜梅这种强势的性格造成了她最
后的悲剧。可以想象的是，一个孩子从小就饱受家庭破碎之苦，
而且还是自己的父亲出轨并杀死了自己的母亲，这会给孩子留下
多大的心理阴影。也许长大之后她会特别害怕被背叛，特别喜欢
浓烈炽热、满满当当的爱。可是世事无常，坚守经常与背叛相遇，
炽热常与冷漠相伴。

另外，短篇小说《刘慧芳》对王沪生、王亚茹、刘慧芳、小
芳、刘国强这几个人错综复杂的关系也没有任何交代，小说更加
突出的是夏顺开作为一个英雄面对石油大火毫不畏惧牺牲的精神，
刘慧芳作为主要人物的地位反而被挤下去了。但是电视剧《渴望》
却对他们的关系做了有逻辑的介绍，王沪生是刘慧芳的前夫、王
亚茹的弟弟，小芳是王亚茹的女儿，被刘慧芳收养做女儿，这样
才能说清为什么在文本中小芳既管刘慧芳叫妈，又管王亚茹叫妈。

二是王朔的小说经常没有结局。小说《浮出海面》以石岜和于
晶喝醉的场景为结局，电影却以石岜的自杀和石小岜的出生为结
局。这两种结局没法评论为好或者坏，石岜在小说并没有到了非

---

① 王朔.过把瘾就死.北京：北京十月文艺出版社，2016：168.

自杀不可的地步，因为从文本看来，石岜似乎没有自杀的必要，虽然他依旧怀揣着发财梦，到处打零工以度日，但毕竟他在爱情上是成功的，他娶到了自己心爱的女人。电影中的石岜却是一个有心理疾病的人，自杀前他在墙上画了一个强壮男人的背影，无比羡慕地望着这个背影，再看看自己在月光下可怜的影子，再也担负不住心理上的重压，于是从阳台上一跃而下。小说《橡皮人》的结局同样也是模糊的，当主人公终于认清现实，不再对现实世界虚与委蛇的时候，他回归了自己，变回了橡皮人，最后被送进精神病院。但在电影里，主人公变成橡皮人之后已经无法在社会上生存下去了，于是骑着摩托车从楼顶冲了下去。

小说叙事和电影叙事之间的不确定性加强了王朔在原文本中想要表达的对知识分子、权威的反讽，甚至电影的反讽意味比小说更加强烈。导演们吸收了王朔在小说中表达出的深刻的反讽意味，并对其加以改造，利用视觉的冲击在电影的服装、语言、结尾处扩大了反讽的效果。

第五章

结　语

　　论述即将终止之处，其实是许多遗憾产生的地方。关于王朔小说，关于叙事学，关于反讽特色，笔者依旧还有许多想要表达和阐述的地方。但是，当前关于王朔小说的叙事研究已经走入了一个全新的参照体系之中，关于王朔在 20 世纪八九十年代创作的研究已经汗牛充栋，形成了一定的思维桎梏，以至于近几年王朔的新书"起初"系列发行之后，学界竟对此无声可发，这是一种奇怪的现象。

　　对本书还未涉及的王朔个人相关资料收集和分析等方面，笔者会在接下来的研究工作中着手进行。对于叙事研究，个人相关资料是相当基础也是相当重要的一部分，但也不能只进行一些形而上的工作，王朔的阅读史、人生经历、家庭背景等都会成为影响王朔叙事方式偏好的因素，例如他的成长环境能很好地说明为什么其小说的反讽色彩总是很浓。当前，中国现当代文学领域的研究者已经充分意识到了这一点，开始了对现当代作家的作品、书信等的收集和保护，这是值得提倡的。

　　同时，笔者对王朔小说的叙事分析也处于瓶颈期，还有一些想法不太成熟、不够深入，因此也不想贸然把它们公之于众。本书名为《王朔小说的叙事反讽分析》，其实更多地着眼于王朔小说的叙事分析，笔者希望将反讽看作王朔小说被公认的一种语言特色。但幸好还有时间，叙事学理论还在不断地发展，令人期待。

　　王朔看待历史的方式很独特。在王朔 2022 年之前的创作中，读者总是能通过阅读他的小说直接了解他的生活。换句话说，王朔小说创作的灵感几乎都来自自己的实际生活。然而，"起初"系列发行之后，读者发现王朔选取了与自己生活毫不相干的上古历史作为小说的素材，或许有人会认为王朔想将自己塑造成一个纯文学作家，扭转自己的形象，想留下千古名篇供人景仰。实际上，看过"起初"系列的读者或者批评家都能够很轻易地发现，即使是使用上古历史作为底本，王朔的"新小说"还是在他的"大院"里转悠，甚至并没有跨出北京朝阳区那一块地界。笔者认为，想理解王朔的"新小说"，反讽是必不可少的理论视角。他对历史的戏谑态度，对所谓典籍庄严的解构都值得深刻思索。或许笔者的下一步计划就是真正走入王朔的历史世界，看一看王朔眼中的历史到底有什么不同。

参考文献

一、作品类

安德森.舍伍德·安德森短篇小说选.方智敏,译.北京:中央编译
　　出版社,2012.

北岛.北岛作品.武汉:长江文艺出版社,2014.

博尔赫斯.杜撰集.王永年,译.上海:上海译文出版社,2017.

博尔赫斯.小径分岔的花园.王永年,译.上海:上海译文出版社,
　　2017.

曹雪芹.红楼梦.北京:人民文学出版社,2008.

鲁迅.鲁迅全集(第1卷).北京:人民文学出版社,2005.

王安忆.纪实与虚构.北京:人民文学出版社,1993.

王朔.动物凶猛.北京:北京十月文艺出版社,2016.

王朔.过把瘾就死.北京:北京十月文艺出版社,2016.

王朔.和我们的女儿谈话.北京:北京十月文艺出版社,2016.

王朔.看上去很美.北京:北京十月文艺出版社,2016.

王朔.千万别把我当人.北京:北京十月文艺出版社,2016.

王朔.谁比谁傻多少.北京:北京十月文艺出版社,2016.

王朔.玩的就是心跳.北京:北京十月文艺出版社,2016.

王朔.顽主.北京:北京十月文艺出版社,2016.

王朔.我的千岁寒.北京:北京十月文艺出版社,2016.

王朔.我是你爸爸.北京:北京十月文艺出版社,2016.

王朔.无情的雨夜.北京:北京十月文艺出版社,2016.

王朔.无知者无畏.沈阳:春风文艺出版社,2000.

王朔.新狂人日记.北京:北京十月文艺出版社,2016.

王朔.一半是火焰 一半是海水.北京:北京十月文艺出版社,
　　2016.

王朔.知道分子.北京:北京十月文艺出版社,2016.

王朔.致女儿书.北京:北京十月文艺出版社,2016.

王朔,等.我是王朔.北京:国际文化出版公司,1992.

王朔,老侠.美人赠我蒙汗药.武汉:长江文艺出版社,2000.

赵波.隐秘的玫瑰.天津:百花文艺出版社,2002.

周大伟.北京往事:周大伟随笔集.济南:山东人民出版社,2008.

二、其他文献

布斯.小说修辞学.华明,胡晓苏,周宪,译.北京:北京联合出
　　版公司,2017.

查特曼.故事与话语:小说和电影的叙事结构.徐强,译.北京:中
　　国人民大学出版社,2013.

陈安慧.反讽的轨迹——西方与中国.武汉:武汉大学出版社,
　　2017.

陈思和.黑色的颓废——读王朔小说的札记.当代作家评论,
　　1989(5):33-40.

陈思和.中国当代文学史教程.上海:复旦大学出版社,1999.

陈思和,郜元宝,严锋,等.当代知识分子的价值规范.上海文
　　学,1993(7):64-71.

陈晓明.众妙之门——重建文本细读的批评方法.北京:北京大学
　　出版社,2015.

陈学祖,余小彦.正面价值的颠覆与文本深度的拆解——王朔小
　　说中的“叙述者”与文本建构.柳州师专学报,2002(4):42-46.

陈一水.性犯罪的教科书.作品与争鸣,1987(3):75-79.

陈振华.中国新时期小说反讽叙事论.济南:山东师范大学,2006.

程光炜.读《动物凶猛》.文艺争鸣，2014(4)：6-14.

程光炜.怎样研究新时期文学.当代作家评论，2018(5)：106-108.

邓普.论滑稽模仿.项龙，译.北京：昆仑出版社，1992.

邓晓芒.从寻根到漂泊：世纪之交的中国文学与文化.广州：羊城
　　晚报出版社，2003.

丁帆，朱晓进.中国现当代文学.南京：南京大学出版社，2007.

方英.论叙事反讽.江西社会科学，2012(1)：39-43.

弗莱.批评的解剖.陈慧，袁宪军，吴伟仁，译.天津：百花文艺
　　出版社，2006.

福斯特.小说面面观.冯涛，译.上海：上海译文出版社，2016.

高玉.中国现当代文学史.杭州：浙江大学出版社，2017.

高玉.中国现当代文学史教程.上海：上海人民出版社，2018.

葛红兵.不同文学观念的碰撞——论金庸与王朔之争.探索与争
　　鸣，2000(1)：29-32.

葛红兵，朱立冬.王朔研究资料.天津：天津人民出版社，2005.

哈桑.后现代转向.刘象愚，译.上海：上海人民出版社，2015.

韩荔华.王朔小说中的北京青年流行用语.汉语学习，1993(5)：
　　35-38.

洪子诚.中国当代文学史.北京：北京大学出版社，2007.

黄佳能，邵明.现代性精神和后现代叙事——对世纪之交现实主
　　义小说的一种解读.文艺评论，2000(4)：47-55.

黄平.反讽、共同体和参与性危机——重读王朔《顽主》.中国现
　　代文学研究丛刊，2013(7)：45-60.

黄平.没有笑声的文学史——以王朔为中心.文艺争鸣，2014(4)：
　　6，15-25.

黄擎.论当代小说的叙述反讽.浙江大学学报（人文社科版），
　　2002(1)：76-81.

季艳华. 反叛与回归——论王朔后期小说创作转型. 青岛：中国海洋大学，2014.

金理. 中国当代文学 60 年（1949—2009）. 上海：上海大学出版社，2010.

金圣. "玩文学"的实质及其危害. 文艺理论与批评，1990(6)：56.

卡勒. 结构主义诗学. 盛宁，译. 北京：中国人民大学出版社，2018.

克尔凯郭尔. 论反讽概念. 汤晨溪，译. 北京：中国社会科学出版社，2005.

李佳坤. 具有先锋性的大众文学——论王朔面向市场接受的文学创作. 长春：吉林大学，2009.

李佳坤. 王朔论. 长春：吉林大学，2018.

李佳坤. 无可归属：当代文学史中的王朔. 文艺争鸣，2017(5)：38-43.

李侠. 轻逸与沉重——中国新时期"黑色幽默"小说研究. 西安：陕西师范大学，2013.

李新东. 当代文化语境下的王朔. 当代作家评论，2001(3)：76.

李扬. 亵渎与逍遥：小说境况一种——王朔小说剖析. 当代作家评论，1993(3)：52-58.

李扬. 拯救与逍遥：新时期文学发展的精神向度. 上海：上海交通大学出版社，2013.

李扬. 中国当代文学思潮史. 上海：上海社会科学院出版社，2005.

里蒙-凯南. 叙事虚构作品. 姚锦清，黄虹伟，傅浩，等译. 北京：生活•读书•新知三联书店，1989.

刘心武. "大院"里的孩子们. 读书，1995(3)：124-130.

罗斯. 戏仿：古代、现代与后现代. 王海萌，译. 南京：南京大学出版社，2013.

马丁. 当代叙事学. 伍晓明, 译. 北京: 中国人民大学出版社,
　　2018.

孟繁华, 程光炜. 中国当代文学发展史. 北京: 北京大学出版社,
　　2011.

米克. 论反讽. 周发祥, 译. 北京: 昆仑出版社, 1992.

米勒. 小说与重复: 七部英国小说. 王宏图, 译. 天津: 天津人民出
　　版社, 2008.

南帆. 反讽: 结构与语境——王蒙、王朔小说的反讽修辞. 小说评
　　论, 1995(5): 77-85.

南帆. 后现代主义、消极自由和负责的反讽. 文艺理论研究,
　　2009(2): 2-12.

潘鸣啸. 失落的一代: 中国的上山下乡运动 1968—1980. 欧阳因,
　　译. 北京: 中国大百科全书出版社, 2013.

普林斯. 叙事学: 叙事的形式与功能. 徐强, 译. 北京: 中国人民大
　　学出版社, 2013.

热奈特. 叙事话语　新叙事话语. 王文融, 译. 北京: 中国社会科
　　学出版社, 1990.

邵牧君. 略论王朔电影. 电影艺术, 1989(5): 8-10.

申丹. 叙述学与小说文体学研究. 北京: 北京大学出版社, 2019.

申丹, 王丽亚. 西方叙事学: 经典与后经典. 北京: 北京大学出版
　　社, 2010.

沈嘉达. 王朔, 一个有意味的悖论. 黄冈师范学院学报, 1991(3):
　　37, 46-49.

童庆炳. 文学概论. 武汉: 武汉大学出版社, 2000.

王彬彬. 过于聪明的中国作家. 文艺争鸣, 1994(6): 65-68.

王彬彬. 再谈过于聪明的中国作家及其他. 文艺争鸣, 1995(2):
　　39-42.

王彬彬．中国流氓文化之王朔正传．粤海风，2000(5)：8-11．

王蒙．躲避崇高．读书，1993(1)：10-17．

王蒙．人文精神问题偶感．东方杂志，1994(5)：46-100．

王庆生，王又平．中国当代文学史．北京：高等教育出版社，2016．

王朔．王朔自白——摘自一篇未发表的王朔访谈录．文艺争鸣，1993(1)：65-67．

王朔．我的小说．人民文学，1989(3)：108-109．

王晓明，张宏，徐麟，等．旷野上的废墟——文学和人文精神的危机．上海文学，1993(6)：63-71．

吴俦．文学的调侃．文学自由谈，1988(6)：97-98．

夏伟．痞子个性与灵魂肖像——王朔新论．南方文坛，2006(2)：68-73．

夏志清．中国现代小说史．刘绍铭，李欧梵，林耀福，等译．杭州：浙江人民出版社，2016．

萧夏林．无援的思想．北京：华艺出版社，1995．

亚里士多德．修辞术 亚历山大修辞学 论诗．颜一，崔延强，译．北京：中国人民大学出版社，2003．

杨剑龙．论王朔小说的反讽艺术．中国文学研究，2002(1)：62-66．

乐黛云，叶朗，倪培耕．世界诗学大辞典．沈阳：春风文艺出版社，1993．

曾镇南．在罪与罚中显示社会心理的深度——读《一半是火焰，一半是海水》兼谈法制文学的深化．作品与争鸣，1987(3)：71-76．

张德祥．视点下移之后——王朔的文学观念透视．文艺争鸣，1993(1)：57-62．

张法．九十年代中国文艺境遇三题议．文艺争鸣，1994(1)：4-10．

张晓平．杂谈王朔、方方等人的小说．文学自由谈，1990(2)：37-

41，53.

张志忠.1993：世纪末的喧哗.北京：人民文学出版社，2017.

赵毅衡.当说者被说的时候：比较叙述学导论.成都：四川文艺出版社，2013.

赵毅衡.反讽：表意形式的演化与新生.文艺研究，2011(1)：18-27.

赵毅衡.反讽时代：形式论与文化批评.上海：复旦大学出版社，2011.

赵毅衡.苦恼的叙述者.成都：四川文艺出版社，2013.

赵毅衡.小说叙述中的转述语.文艺研究，1987(5)：78-87.

赵毅衡."新批评"文集.北京：中国社会科学出版社，1988.

朱栋霖，朱晓进，龙泉明.中国现代文学史1917—2000（下）.北京：北京大学出版社，2007.

朱立元.当代西方文艺理论.上海：华东师范大学出版社，2014.